dtv

Lesen Sie sich glücklich! Turbulent, originell und sehr komisch erzählt Stefan Maiwald von den kleinen, feinen Momenten des modernen Lebens. Als da beispielsweise wären: bei einem italienischen Schlager aufs Geratewohl mitsingen; einen Internetanschluss erfolgreich installieren; das Rascheln des Geldautomaten; unter der Dusche einen Popstar imitieren; ein Marmeladenglas öffnen, das zuvor keiner öffnen konnte – und viele mehr. Die Glücksmomente sind subjektiv erlebt und doch ganz universell, denn schließlich sind es die kleinen Freuden des Lebens, die uns den Tag verschönern. Ein Buch mit Gute-Laune-Garantie!

Stefan Maiwald, geboren 1971, pendelt zwischen München (wo er arbeitet) und Italien (wo seine Familie lebt). Er schreibt u. a. für ›Merian‹, das ›Golf Journal‹, die ›Freundin‹, das ›SZ-Magazin‹ und die ›Frankfurter Allgemeine Sonntagszeitung‹. Bei dtv sind von ihm erschienen: ›Golf. Kleine Philosophie der Passionen‹ (34351) und ›Laura, Leo, Luca und ich‹ (20960).

Stefan Maiwald

Die kleinen Freuden des Lebens

100 Glücksmomente

Deutscher Taschenbuch Verlag

Von Stefan Maiwald sind im
Deutschen Taschenbuch Verlag
außerdem erschienen:

›Golf. Kleine Philosophie der Passionen‹ (34351)
›Laura, Leo, Luca und ich‹ (20960)

Originalausgabe
Januar 2008

www.dtv.de

Umschlagkonzept: Balk & Brumshagen
Umschlagbild: Carsten Knappe
Satz: Greiner & Reichel, Köln
Gesetzt aus der Palatino 10/13,5·
Druck und Bindung: C. H. Beck, Nördlingen
Gedruckt auf säurefreiem, chlorfrei gebleichtem Papier
Printed in Germany · ISBN 978-3-423-21040-9

Inhalt

Braucht dieses Buch ein Vorwort? 11

Einen Internetanschluss installiert haben 13
Das perfekte Pils 16
Einen Mörder erraten 18
Bei einem italienischen Schlager aufs Geratewohl mitsingen 21
Beim Fußball-Tippspiel im Büro gewinnen 22
»Sie können auch zu mir kommen, ich mache die Kasse jetzt auf.« 25
Wassereis 26
Kerzenlicht 28
Bergab radeln 29
Eine Frau mit französischem Akzent 31
In der Garage werkeln 32
Ein Rezept nachkochen und es nicht versauen 35
Eine Familienfeier überstehen 36
Neuwagengeruch 39
Eine neue Sportart lernen 40
Sich nicht entscheiden müssen 44
In die Oper gehen, weil die Frau und die gesellschaftlichen Konventionen es so fordern 45

Im Freien essen 46
Das Rascheln des Geldautomaten 48
Kinderschokolade 49
Ankommen 51
Die Eintrittskarte für ein wichtiges Fußballspiel ... 52
»Nur ein bisschen Zahnstein, das haben wir in zwei Minuten erledigt.« 53
Zu »I'm So Excited« von den Pointer Sisters auf der Tanzfläche Luftpiano spielen 54
Ein Erkältungsbad 56
Seinen Lieblingsautor finden 57
Einen wichtigen Vertrag mit seinem besten Füller unterschreiben 61
Eine gute Enoteca 62
Zweimal hintereinander beim Kickern nach 1:5-Rückstand noch 6:5 gewinnen 65
Eine Schnapsidee konsequent verfolgen 66
Unter der Dusche einen Popstar imitieren 70
Im Buchantiquariat herumlungern 71
»Ihr Tisch ist jetzt frei.« 75
»Du siehst aus, als hättest du gut geschlafen.« 76
Eine Flasche mit dem Feuerzeug öffnen 77
Ein Restaurant mit Zwölfertisch 80
Meine Sammlung uralter Golfbücher 81
Das Meer erahnen 82
Ein spitzer Bleistift 85
Eine Autobahn bei Nacht 86
Einfach weiterschlafen können 89
Beim Megajackpot Lotto spielen 90
Italo-Schweizerinnen 93
Der einzige Kunde im Fitnessstudio sein 94

Morgens mit der Bäckerin flirten 95
Zu einer Party pünktlich zu spät kommen 98
Dinge neu ordnen 99
Ein Computer, der nie abstürzt 101
Döner auf die Faust 102
Einen Anrufbeantworter souverän vollgequatscht haben 105
Alte Fotos gucken 106
Das Wasser, kurz vor dem Aufprall 107
Ein Marmeladenglas öffnen, das keiner zuvor öffnen konnte 109
Käsekuchen ohne Rosinen 110
Der Blick auf den Innenhof 112
Ein bisschen krank sein und verwöhnt werden 113
Ein Parkplatz direkt vor der Tür 116
Per SMS flirten 117
Golf im Fernsehen 120
Kündigen 123
Erster auf der Skipiste 124
Ein Kleinkind, das mal von 8 bis 8 durchschläft 125
Die Samstagszeitung im Briefkasten 126
Kreuzworträtsel lösen 127
Angeln 130
Ein Gewitter erleben 131
Wieder ins warme Bett steigen 133
Kurz über den Marktplatz laufen 135
Das Fahrrad selbst repariert haben 136
Eine vernünftige Hotelminibar 137
Lesen in der Badewanne 140
Die Hände an einem Kamin wärmen 141
Eine Einladung der neuen Nachbarn 142

Das erste Getränk im Freien 144
Mittagspause im Stadtpark 146
Sich auf den Winter freuen 147
Einen Pokal gewinnen 149
Die angenehme Betrunkenheit nach einer Weinprobe 151
Sich in eine Bedienung verknallen 152
»Rest ist für Sie« 154
Nach einer Behandlung die Zahnarztpraxis verlassen 155
An einem verregneten Februarabend, den man längst abgeschrieben hat, auf einem obskuren Kanal seinen Lieblingsfilm entdecken 157
In einer großen Gruppe irgendwo einfallen 158
Den Abwasch erledigt haben 162
Fußball mit Freunden gucken 163
Ein Buch nach dem letzten Satz zuklappen 165
Lästige Mails als »gelesen« markieren und vergessen 166
Nach 35 Jahren endlich einen Friseur finden 167
Zuhause Verkehrsnachrichten hören (oder: Ein skurriles Hobby haben) 170
Auf der Jagd nach der Lieblingszeitschrift erfolgreich sein 173
Sich einem blöden Trend erfolgreich verweigern (am Beispiel Kochen) 176
In einem Elektrogroßhandel die Stereoanlage bis zum Anschlag austesten 179
Aus dem frischen Brotlaib eine Ecke herausbeißen 180
Fußball im Park 181

Ordentlich gebrühter Kaffee 184
Intensiv-Faulenzing 185
Über den Brenner fahren 187
Einen vernünftigen, unpeinlichen Klingelton gefunden haben, der einem auch nach zwei Monaten noch nicht auf die Nerven geht 188
89,4 kg 189
Eine gute Idee und ein Laptop 190

Das ist noch nicht das Ende 191

Braucht dieses Buch ein Vorwort?

Na, eigentlich nicht. Ein Personenregister ist ebenfalls überflüssig, denn es folgt weder ein russischer Roman noch eine amerikanische Familiensaga von der »Mayflower« bis zum Irakkrieg, wie Sie erstens am Titel und zweitens am Umfang festgestellt haben dürften. Auch auf ein kluges Zitat über das Glück, möglicherweise fremdsprachig, habe ich verzichtet, obwohl es da das eine oder andere gibt, das durchaus brauchbar ist, denn eigentlich hat sich jeder große Geist so seine Gedanken über die Freuden des Lebens gemacht. Eine Widmung ist auch nicht nötig, da ich mein zuletzt erschienenes Buch meiner Frau Laura gewidmet habe und damit erst einmal aus dem Schneider bin. Nur eines wollte ich an dieser Stelle loswerden: Die Idee zu diesem Werk ist nicht gerade neu. Es gibt allerlei Bücher über das Glück im Allgemeinen und sogar welche über Momente des Glücks. Aber all diese Bücher kommen immer ein bisschen happig und großspurig daher. Dieses Buch will eher die kleinen und feinen Augenblicke des Lebens aufzeigen.

Glück ist, wie alles in der Welt, eine subjektive Sache. In vielen kleinen Kapiteln teile ich meine kleinen Glücksmomente mit. Aber ich denke, dass Glück auch etwas ist, über das man einen Konsens finden kann. Viele Dinge, die mich erfreuen, dürften höchstwahrscheinlich auch Sie erfreuen. Es sei denn, Sie stehen auf Rote Bete – ich tue das nicht. Und falls Sie ernsthaft einen stillen Glücksmoment nur dann empfinden, wenn Sie beim Heimwerken mit dem Hammer Ihren Daumen treffen, dann sollten Sie vielleicht auf eine der Psychologie-Publikationen aus diesem Verlag zurückgreifen.

Ich kann den Lesern nur viel Spaß mit meinem Buch wünschen und natürlich, das muss ich jetzt einfach sagen, viel Glück.

Einen Internetanschluss installiert haben

Der Internetanschluss ist das Ikea-Regal des dritten Jahrtausends. Heute sind Internetanschlüsse genauso verbreitet und selbstverständlich wie Billy und Ivar, und wie bei Billy und Ivar würde man sich komplett lächerlich machen, würde man in diesen modernen Zeiten einen Freund bitten, beim Einrichten zu helfen.

»Das geht doch von allein«, höre ich in Sachen Internet immer von meinen versierten Freunden, oder »leg die CD ein und fertig«. Ich will mich jetzt hier nicht kleiner machen als ich bin, was ja gerade in technischen Dingen bei mehr oder weniger launig schreibenden Autoren sehr in Mode ist, aber klar ist: Ich möchte mal die »Das geht doch von allein«-Sager sehen, wenn sie einen gewöhnlichen Internetanschluss *nicht auf einem PC, sondern auf einem Apple installieren müssen*. Dann nämlich geht das Grauen erst los. Zuerst wird man als Apple-Betreiber, der es wagt, einen Internetanschluss von T-Online oder AOL zu begehren, im winterlichen Morgengrauen von vier vernarbten Ex-Schwergewichtsmeistern in Pelzmützen aus dem Bett gezerrt, aus dem Haus getragen und mit verbundenen Augen in einen rostigen Lada geworfen. Nach stundenlanger, kurvenreicher Fahrt wird man vor ein Tribunal gestellt, dessen Richter, der hinter einem Block aus tiefschwarzem Marmor zehn Meter über dem Geschehen sitzt, schon durch sein Hohnlachen zeigt, auf welcher Seite er steht: nämlich nicht auf der des Angeklagten. Der Staatsanwalt, ein Mensch mit dicker Brille und zurückgegeltem Haar, steht nur zehn Zentimeter vom Angeklagten entfernt und brüllt ihn an: »Apple haben Sie? Wollen Sie sich, Ihre Familie und Ihr Vaterland denn vollends lächerlich machen?« Der Richter zischelt jedes Mal mit seinen nassen Lippen, wenn das Wort »Apple« fällt. »Aber die meisten Journalisten arbeiten auf App…«, versucht der Angeklagte mit brechender Stimme einzuwenden, bis ihm einer der pelzmützentragenden Schwergewichtler die Faust in den Magen rammt.

Ich weiß nicht, warum es inzwischen batteriebetriebene Kochlöffel gibt, die, sobald die Spaghetti im brodelnden Salzwasser den richtigen Biss erreicht haben, den Triumphmarsch aus ›Aida‹ spielen können, aber keine CDs, auf denen die Internetinstallation für PC *und* Apple drauf ist. Oder warum es dem Internet nicht möglich ist, einen Apple-Zugang genauso gleichmütig zu akzeptieren wie einen PC-Zugang. Und hier endet die Analogie zu Billy und Ivar, denn während man eine fehlende Schraube noch irgendwie überschummeln kann (zum Beispiel, indem man ins entsprechende Regal nur federleichten Nippes stellt statt den kompletten Dostojewski – wichtig ist bloß, sich ein Leben lang daran zu erinnern), kann man den Internetanschluss nicht simulieren. Entweder ist man drin oder man ist es nicht.

Aber zweifellos ist die Befriedigung für Apple-User am größten, haben sie es denn endlich geschafft. Sie sind nicht mehr Menschen zweiter Klasse. Sie sind dabei. Sie lieben ihren Apple wieder. Und sie surfen nicht so nonchalant herum wie PC-User, die tatsächlich nur eine CD einlegen mussten. Sondern sie wissen, welches Privileg sie haben: Im Schweiße ihres Angesichts und mit ungeheurer schöpferischer Energie haben sie sich einen Zugang zum Paralleluniversum geschaffen.

Das perfekte Pils

Es stimmt ja: Deutsche Reisegruppen an überhitzten mediterranen Kulturstätten (Pisa, Pompeji, Kreta) erkennt man daran, dass sie sich alle naselang auf irgendeiner umgestürzten Säule niederlassen, den Schweiß von der Stirn wischen und »Ach, jetzt ein kühles Blondes« seufzen. Und wir sollten uns nicht über sie lustig machen: Unsere armen Landsleute haben völlig recht. Was gibt es Angenehmeres, Edleres, Durstlöschenderes als ein Pils mit majestätisch weißer Krone in einer gläsernen, mit Kondenswasser überzogenen Hülle? Pils ist ein gutes, mit Liebe in drei bis vier (und natürlich nicht in sieben) Minuten gezapftes Getränk, das Menschen zähmt, verbrüdert und gut schlafen lässt.

Es ist diese immer wieder überraschende Bitterkeit, die Kenner mit »herb« beschreiben und die vom Hopfen herrührt, die den Pilsgeschmack dominiert, im Gegensatz zu dem eher malzigen, frischen, ja sogar süßlichen Geschmack des Weißbiers, des Hellen oder all dieser angelsächsischen Abarten wie Ale oder Lager oder Guinness. Nein, wer seine Jugend mit Jever oder Flens verbracht hat, der mag nicht mehr zurück in die süßlich-malzige Welt.

Pils hat hervorragende sozialverträgliche Eigenschaften. Sein übermäßiger Konsum macht eher schwermütig, während Wein dem Konsumenten die Zunge lockert. Unerträglich sind in einer vollbesetzten Schankstube die eloquenten Elegien eines weingeschwängerten Tisches, während die Pilstrinker nur in esoterischem Vokalgegrunze kommunizieren, das für die Umgebung viel bekömmlicher ist und nicht so dicke daherkommt. Pilstrinker schaffen in ihrem geerdeten Dasein Werke von Dauer, während Weintrinker den Augenblick lieben, die Flatterhaftigkeit des Drumherums, den Dekor und die Verschleierung.

Pils ist das einzig Wahre. Es ist ehrlich und geradlinig, während Wein über kapriziöse Umwege gefallen will.

Das Pils ist ein guter Freund, vor dem man sich nicht verstellen muss. Man kann dem Glas und dem Genuss ehrlich gegenübertreten. Pils ist toll, Pils ist Glück. Schade, dass man Bier nicht streicheln kann.

Einen Mörder erraten

Ich bin nicht gut im Verfolgen von Filmhandlungen. Ich bin immer der, der am Ende sagt: Ach, das war die *Schwester* des Opfers? Oder: Ach, das war der *Fahrer*, der *ganz am Anfang* den *Mörder* zum *Flughafen* gebracht hat? Ich kann guten Gewissens sagen, dass ich ›Die üblichen Verdächtigen‹, den wohl verzwicktesten Streifen des Krimigenres, bis heute nicht endgültig verstanden habe, aber ich tröste mich damit, dass ich nicht allein bin: Selbst Gabriel Byrne, einer der Hauptdarsteller dieses Oscar-prämierten Films (»Bestes Drehbuch«), war bis zum letzten Drehtag davon überzeugt, niemand anders als er sei Keyser Soze.

Allerdings ist mir schon ›Derrick‹ zu kompliziert, und ›Tatort‹ begreife ich erst recht nicht. Ich schaue mir die ›Tatort‹-Folgen nur an, wenn sie in Städten spielen, die ich kenne (namentlich München, Hannover, Konstanz). Straßenzüge erkenne ich nämlich recht sicher wieder, und diese Stadtführungen mit Blaulicht gefallen mir ganz gut.

Jetzt kommt ein verbotener Satz: Ich bin so schlecht, dass ich schon wieder gut bin. Heißt: Ich bin dermaßen blöde, dass ich den Drehbuchautoren mit ihren verwickelten Nebenplots und raffinierten Verdachtsspuren ins Nichts gar nicht erst auf den Leim gehen kann. All die Mühen, die Regisseur, Autor und Darsteller in ihren Thriller investieren, prallen am Felsen der Ignoranz (ich) ab, ohne eine Spur zu hinterlassen. Vielleicht hat das mit mangelnder Konzentrationsfähigkeit zu tun, dem in den USA berühmten *Attention Deficit Syndrome*, mit dem man die schwache schulische Leistung der Kinder erklären will, ohne das verbotene D-Wort zu benutzen. Ich dagegen bekenne mich. So wie andere Inselbegabungen besitzen, besitze ich Inseldummheiten. Krimis laufen irgendwie im toten Winkel meines Gehirns ab.

All das ist insofern bemerkenswert, als ich selber Drehbücher schreibe, bislang jedoch relativ erfolglos. Die Producer wollen immer, dass ich noch einen Nebenstrang, noch einen sinistren Zwerg, noch eine alkoholkranke Liebhaberin einbaue. Herrje, das ist mir schon beim Schreiben zu kompliziert! Mein idealer Krimi sieht so aus: Zwei Personen sitzen am Küchentisch, plötzlich fällt die eine tot um. Eine dritte Person kommt in die Küche und ermittelt. Überraschung: Der Mörder ist der, der nicht tot umgefallen ist. Darübergelegt gute Musik und ein paar nette Dialoge, meinetwegen kann der Kommissar auch wie Schimanski fluchen oder wie Magnum Ferrari fahren. Und basta.

Diese Inseldummheit bringt aber auch mit sich, dass ich gut darin bin, den Mörder zu finden. Am Anfang des Films zeige ich auf jemanden und behalte damit meistens recht. Sollen doch die anderen neunzig Minuten lang knobeln: Ich widme mich den Kartoffelchips, verfolge die Handlung nur halbherzig und kriege am Ende die bewundernden Blicke ab. Das ist wie der kleine Junge, der unter lauter Schachexperten, die sieben Züge im Voraus denken, als Einziger den völlig simplen Matt-Zug sieht. Die anderen halten mich für wissend. Sie ahnen nicht: Wissen verblendet.

Bei einem italienischen Schlager aufs Geratewohl mitsingen

Das macht mich glücklich. Meine italienische Frau weniger.

Beim Fußball-Tippspiel im Büro gewinnen

Zu meiner Zeit bei dem Herrenmagazin ›Playboy‹ waren wir fünf Redakteure, von denen einer alle Mannschaften von Preußen Münster von 1979 bis heute auswendig konnte, der andere hatte keine Probleme, alle deutschen Meister seit Bestehen der Bundesliga 1963 korrekt aufzusagen. Der Dritte hatte bis zur A-Jugend bei Bayern München gespielt, der Vierte war eng mit dem damaligen Nationalspieler Marco Bode befreundet, und der Fünfte – ich – verblüffte die anderen mit Details obskurer europäischer Vereine. Schön, wenn man weiß, dass Skonto Riga 14-mal in Folge Landesmeister war, BFC Dynamo Berlin 10-mal, Dynamo Kiew 9-mal. Außerdem eignete ich mir eine Menge nutzlosen Wissens über den einstigen DDR-Fußball an. Welches Land bot schon einen ehemaligen Europapokalsieger, der mittlerweile nur noch in der Regionalliga Nord spielte? (Es handelt sich um den FC Magdeburg, Europapokalsieger der Pokalsieger 1974, bis heute der einzige Verein, der einen Europapokal ausschließlich mit Spielern aus der unmittelbaren Region – Magdeburg und Umland – gewann.)

Zur Weltmeisterschaft 1998 in Frankreich veranstalteten wir ein großangelegtes Tippspiel, das mit einem komplizierten Punktesystem aufwartete und natürlich so angelegt war, dass nur absolute Experten – also wir – eine Chance haben würden, zu gewinnen.

Ohne hier auf die schmerzlichen Einzelheiten einzugehen: Von den dreißig Teilnehmern gewann eine (!) Praktikantin (!) namens Julia, während wir fünf uns unter den letzten sieben wiederfanden. Die Gewinnerin, die sowohl von ihrer hierarchischen Stellung innerhalb der Redaktion als auch von ihrer Geschlechtszugehörigkeit doch eigentlich gar nicht so weit oben hätte stehen dürfen, war 21 Jahre alt, und als wir kommen sahen, dass Julia Spieltag um Spieltag immer mehr Punkte akkumulierte (es gab einen für die richtige Tendenz – Sieg, Remis, Niederlage – und drei für das richtige Ergebnis, und Julia tippte alle drei deutschen Vorrundenspiele *aufs Tor genau richtig*), quetschten wir sie aus. Spielte sie selbst Fußball? Nö. Hatte sie einen Fußballer als Freund oder hatte sie eine Affäre mit Franz Beckenbauer? (In München gab es eine Zeit, da war diese Frage durchaus legitim.) Ebenfalls nein. Sie hatte sich nicht einmal auf die »weibliche Intuition« verlassen, wie wir ihr sofort unterstellten, sondern einfach irgendwie so getippt, dass – halten Sie sich fest – »die Zahlen auf dem Zettel schön aussahen«. Das versetzte uns einen Schlag.

Wir müssen wohl akzeptieren: Fußballwetten sind reine Glückssache. Dazu passt, dass meine zweite Heimat Italien praktisch nur aus Fußballexperten besteht, aber das italienische Fußballtoto stets von runzligen Urgroßmüttern gewonnen wird, die einfach nach Gefühl und Glück von oben nach unten ankreuzen.

Bei der nächsten Weltmeisterschaft im Jahr 2002 wusste ich es besser: Ich tippte nicht, sondern malte gewissermaßen den Wettschein aus. Zudem tippte ich aus Jux die beiden Gastgeber Südkorea und Japan ins Halbfinale, was mir viel Spott einbrachte, aber letztlich wegen Südkorea, dessen Mannschaft es mit Hilfe dreist pfeifender Schiedsrichter tatsächlich bis unter die letzten vier schaffte, eine Menge Punkte. Gewonnen habe ich nichts. Aber ich war der Erste in unserer internen Fußballkumpels-Sonderwertung, in der wir »Experten« uns untereinander maßen, und dieser Erfolg reichte immerhin für einen klitzekleinen Jubeltanz.

Nachtrag: Bei der WM 2006 tippte ich Italien als Sieger, trotz des mächtigen Skandals. Ich wusste, dass die Spieler nur eine einzige Chance hatten, ihre Ehre zu retten: die Weltmeisterschaft zu gewinnen. Aber das war ja danach schon vorher jedem Experten klar gewesen.

»Sie können auch zu mir kommen, ich mache die Kasse jetzt auf.«

Ist mir gerade heute passiert. Es war ein harter Freitag. Und das war der beste Satz des Tages.

Wassereis

In den letzten Jahren hat uns allerlei Upgrading den Spaß an den Dingen verdorben. Versuchen Sie doch mal, an einer Tankstelle ein Leberwurstbrötchen zu finden. Nein, da tummeln sich Tramezzini mit Tunfischpaste, Senf, Zwiebeln und Essiggurken. Oder Brötchen, die neben einer Scheibe Salami auch noch ein Salatblatt, eine Gurken- und eine Tomatenscheibe sowie eine Art Remoulade aus Zwiebelgehäckseltem offerieren. Nur an österreichischen Autobahnraststätten, Gott sei's gedankt, besteht eine Schnitzelsemmel aus ebenjenem: einem Schnitzel und einer Semmel. Doch ansonsten: Berge von Belägen, Saucen, Gemüse, gequirltem Zeug. Ich weiß nicht, wie Sie das sehen, aber mir ist das zu *sophisticated*.

Das Wassereis ist das Leberwurstbrötchen des Sommers. Und hat es schwer in den adriatischen Kühltruhen. Was kann das armselige Wassereis, letztlich ja nur gefrorener und haarsträubend künstlicher Orangen- oder Zitronengeschmack, gegen »Super Baby« anrichten, »Super Cialdone«, »Harry Potter« oder »Yokona«? »Super Baby« beispielsweise besteht aus gedrechseltem Vanille-, Schokoladen- und Himbeereis, das mit Nussstreuseln durchsetzt, von einer Waffel umschlossen und einem Klacks Sahne gekrönt ist und sich um eine entkernte Kirsche in der Mitte rankt. Die Verpackung sieht aus wie ein japanischer Comic.

Das Wassereis hingegen lebt in einer Papphülle vor sich hin, und es braucht erst einmal ein paar Momente, bis sich Eis und Pappe so weit getrennt haben, dass man den Block ein wenig herausdrücken kann. Dann folgt ein eigenartiger Lutsch-Kau-Prozess, der an einen nagenden Biber erinnert, denn Lutschen allein wirkt ein wenig obszön, weil es so unerhört an Fellatio erinnert, dass man entrüstete Blicke bekommt. Also nagt man sich das Wassereis hinein, wohl wissend, dass das Beste noch kommt. Denn am unteren Ende der Pappe sammelt sich im Laufe der Zeit eiskaltes Schmelzwasser mit Orangen- oder Zitronengeschmack. Und diese Vorfreude auf den letzten Schluck ist es, die einem den Eisgenuss zusätzlich versüßt. Hat man den Feststoff weggeknabbert und die Kälteempfindlichkeit seiner Zahnhälse ausgetestet, setzt man zum finalen Schluck an, dessen Kälte, Frische und Aggregatform so unvermittelt wirken und die Geschmacksnerven dermaßen schockieren, dass es einem Tränen in die Augen treibt. Ach, herrlich. Da kommt kein anderes Eis mit. Und auch kein Leberwurstbrötchen.

Kerzenlicht

Aber bitte ohne Dinner.

Bergab radeln

Diesen Glücksmoment hat man sich redlich verdient, denn zuvor ist man ja bergauf geradelt, und ich kenne keinen, der nicht irgendwann über diese Schinderei geflucht hätte, und sei es der leidensfähigste Radfahrer aller Zeiten. Im Zeitalter des Verbrennungsmotors gibt es kaum etwas Absurderes, als der Zivilisation auf diese Art zu entsagen. Wäre das Bergauf-Radeln eine noch nie dagewesene Leistung wie das Durchqueren der Sahara mit Hundeschlitten oder der Gang zum Nordpol auf Rollschuhen, würde man wenigstens Unsterblichkeit oder zumindest eine Fußnote in einem Geschichtsbuch erlangen. Aber so bleibt nur der Sieg über einen geheimnisvollen Mitbewohner des eigenen Körpers, der sich Schweinehund nennt und offenbar nur da ist, um immer wieder überwunden zu werden, jedenfalls von all diesen asketischen Typen, die sich trotz akuten Durchfalls weigern, beim Marathon aufzugeben.

Bergauf radeln bringt keinen Erkenntnisgewinn wie vielleicht die Besteigung des höchsten Berges der Welt ohne Sauerstoffgerät, denn das schafft bei aller Anstrengung doch wenigstens einen ordentlichen Höhenrausch und, bei klarer Sicht, einen netten Blick über die Welt.

Aber bergauf zu radeln, um anschließend bergab radeln zu können – das macht Sinn. »Macht Sinn« gibt es im Deutschen eigentlich nicht, der schlampige Ausdruck kommt vom englischen »to make sense«, aber hier trifft der Anglizismus wunderbar zu: Man *macht* sich seine Wirklichkeit, man kreiert seinen eigenen Glücksrausch. Auch wenn man davor durch die Hölle muss. Denn den Scheitelpunkt überwunden zu haben und es dann einfach rollen zu lassen, der Wind fegt einem den Schweiß vom Gesicht, und die Landschaft links und rechts reduziert sich zu farbigen Strichen: großartig.

Eine Frau mit französischem Akzent

Pardon, aber wir Männer sind diesbezüglich schwach. Es reicht schon die Vorstellung eines französischen Akzentes, was auch der einzige hinreichende Grund für uns war, für ›Die fabelhafte Welt der Amelie‹ ein Billett an der Kinokasse zu lösen.

In der Garage werkeln

Der Duft von Benzin! Der Duft von Motoröl! Der Duft von warmem Gummi! Der metallische Duft (ja, Metall duftet!) der Schraubenschlüssel, die nach Größe aufgereiht an der Wand hängen! Die warme Muffigkeit einer Garage gibt uns ein sehr eigenes, sehr rustikales, kaum zu beschreibendes Gefühl von Heimat.

Vermutlich liegt alles an den Modelleisenbahnen. Modelleisenbahnen (vor allem Märklin, Spur Ho) verströmen ein ganz besonderes Aroma. Das Gemisch aus Stahl, Staub und Schmierstoff ist der Geruch unserer Kindheit, und diesem Geruch jagen wir unser Leben lang nach, denn er verkörpert unsere besten Erinnerungen: die Bastelstunden mit Papa. Der heiße Kakao von Mama. Die erste Dampflok, die ihre Kreise um den selbst gebauten Pappberg zog. Der Duft in der Garage erinnert uns an all das. Eine Garage ist ein Ausflug in die unschuldige Kindheit und in die pure Männlichkeit zugleich. Was die feministische Theorie untermauert, dass Männer wie Kinder seien – bloß größer gewachsen.

Aus dem Wohnzimmer sind wir vertrieben, die Fernbedienung ist uns längst entrissen worden. Ins Schlafzimmer dürfen wir nur noch, wenn wir nicht schnarchen.

Doch die Garage ist unser Revier, ohne Einschränkungen. Fürs andere Geschlecht ist sie Terra incognita, Frauen betreten sie eher ungern, denn sie fürchten sich vor Schmutz und Dunkelheit und Spinnweben. In den USA ist es sogar schon so weit gekommen, dass Männer ihre Zweitfernseher in der Garage aufstellen, um in Ruhe Footballmatches zu sehen. In der Garage müssen wir nicht darauf achten, ob die Kartoffelchips krümeln, und wir müssen auch nicht schnell aufräumen, weil nachher noch die Nachbarn rüberkommen. Wir können rauchen, ohne Rücksicht auf die Gardinen nehmen zu müssen. Wir dürfen einladen, wen wir wollen. Auch diejenigen unserer Freunde, die recht zweifelhafte hygienische Standards beherzigen, selbst für unsere Verhältnisse.

Die Liebesgeschichte zwischen Männern und Garagen nimmt oft keinen guten Verlauf. Die meisten Männer wohnen inzwischen in Städten, wo es entweder keine Garagen gibt oder allenfalls obskure Duplex-Stellplätze – würdelose Hebebühnen für zwei oder mehr Autos, um Platz zu sparen. Doch Männern ohne Garage fehlt etwas. Schaut sie euch doch an, diese armen Kerle: Ihr Werkzeugkasten steht in der Küche unter der Spüle oder fristet im Besenschrank ein düsteres Dasein ohne Licht und Hoffnung. Welch schmähliche Aufbewahrungsorte für diese Insignien der Männlichkeit!

Aus Höhlen kommen wir, in Höhlen wollen wir. In Höhlen mit hübsch aufgereihten Schraubenschlüsseln. Natürlich können keine zehn Prozent der Männer ernsthaft mit Schraubenschlüsseln umgehen oder würden sie gar täglich benutzen. Das trifft auch für mich zu, generell bin ich nicht gerade ein Dübelkönig. Doch der Höhlenmann hat ja auch nicht täglich ein Mammut erlegt, aber trotzdem eine veritable Speersammlung im Höhlenseparee aufbewahrt: kurze und lange, dicke und dünne, welche aus Eibenholz mit Feuersteinspitze und welche aus Birkenholz mit Quarzsteinspitze. Männer mögen es, vorbereitet zu sein. Und die Garage ist unser Waffenarsenal, mit dem wir gerüstet sind gegen die Widrigkeiten der Welt.

Aber wenn der Motor Öl verliert, bringe ich das Auto doch lieber in die Vertragswerkstatt.

Ein Rezept nachkochen und es nicht versauen

Alternative, wenn es doch schiefgeht: dreist behaupten, es sei genau so geplant gewesen.

Eine Familienfeier überstehen

Ich liebe Familienfeiern. Unsere Familienfeiern finden in einem kleinen Ort im Weserbergland statt. Sie sind selten, weil die Familie außer im Weserbergland auch noch in Italien, Südafrika und Argentinien lebt, und wenn sich dann mal alles versammelt, dann trifft man sich im »Goldenen Hirschen«, der alle Klischees erfüllt, die man einem Dorfgasthof gemeinhin zuschreibt: ein altes Fachwerkhaus mit Kegelbahn. Eine rustikale Küche, in der man von Experimenten, die über das unterschiedliche Schärfen der Pilzsauce des Jägerschnitzels hinausgehen, verschont wird. Ein Abtritt, dessen Hygienestandards noch aus der Zeit vor dem Weltkrieg stammen – wohlgemerkt vor dem *Ersten* Weltkrieg; es gibt nicht mal Pissoirs, nur eine Rinne. Graue Gardinen. Ein riesiger Festsaal, der den Charme einer baufälligen Mehrzweckhalle versprüht. Natürlich Geweihe und Schützentafeln an der Wand, dazu vergilbte Zeitungsausschnitte, die dörfliche Höhepunkte der letzten Jahrzehnte zeigen, etwa die Eröffnung der Aral-Tankstelle am Ortseingang oder die 50-Jahr-Feier des Schützenvereins im Jahr 1963. Über allem liegen zwei Zentimeter Nikotin, Schichten aus Tausenden Packungen filterloser Revals. An der Bar in der Gaststube sitzen Menschen mit Gesichtern, die nur der jahrelange Genuss hochprozentiger Alkoholika zu formen vermag.

Ich fühle mich pudelwohl hier. Mit Überstehen meine ich: Ich habe noch nie irgendwo mehr essen wollen und müssen als auf einer unserer Familienfeiern. Selbst meine italienische Familie kommt da nicht mit. Da wir so selten gemeinsam feiern, ist es offenbar so, dass wir alles nachholen wollen und für vier, fünf Feste zugleich essen. Außerdem ist die Geschwindigkeit der Essensabfolge atemberaubend. Man trifft sich gegen 11 Uhr vormittags, und das Wirtsehepaar hat ein kaltes Büffet vorbereitet. Dazu gibt es Pils ad infinitum. Dann wird das Mittagessen serviert, das im Wesentlichen aus Jägerschnitzel besteht, anschließend kommen Kaffee und Kuchen, und ab 17 Uhr die Schlachtplatte. Schließlich wird gegen 21 Uhr noch mal Gulasch aufgetragen. Zu den meisten Gängen gibt es riesige Schüsseln voller Kroketten. Kroketten! Wahnsinn, wie gut die schmecken können. Ich glaube, Kroketten werden ausschließlich zu Familienfeiern auf dem Land gereicht, da ich sie noch in keinem Restaurant auf der Karte entdeckt habe. Schade, denn die Haute Cuisine hat ja neuerdings auch das gute Kartoffelpüree wiederentdeckt. Da könnte es doch auch mal die Krokette zu höheren Weihen bringen. Verdient hätte sie es.

Nach der Familienfeier sitzt man im Auto und lässt sich von dem am wenigsten alkoholisierten Mitglied der Familie zum nächsten Verwandten fahren, wo das Gästebett hergerichtet ist. Auf der ziemlich kurvenreichen Fahrt (auch der am wenigsten alkoholisierte Verwandte ist noch reichlich bedient) streichelt man den eigenen Bauch und bittet ihn um Verzeihung. Man fühlt sich rund und glücklich und schläft schon mal ein bisschen ein. Ein Wettessen im Clan: ein sehr seltenes, ein sehr schönes Gefühl.

Neuwagengeruch

Kann man so etwa zwei bis zehn Mal in seinem Leben genießen. Sollte man auch.

Eine neue Sportart lernen

Und zwar eine Sportart, für die man eigentlich viel zu alt ist. Jedenfalls war es schon ein seltsames Gefühl, mit 35 plötzlich mit dem Windsurfen anzufangen. Das noch seltsamere Gefühl aber war, Windsurfen bei Windstärke 0,0 zu lernen. Am Starnberger See, letzten August. Dort gibt es einen Bretterverhau, der als Surfschule dient und auch allerlei zum Leihen offeriert. Erst einmal stieg ich in den Neoprenanzug, und das ist ja schon mal ein sehr cooles Gefühl. Weil es nur ein geliehener Neoprenanzug war und viele meiner Vorgänger darin offenbar mehrfach übernachtet hatten, stank er erbärmlich. Aber das, was so roch, sei nur das Neopren, versicherte mir mein Lehrer Christian (was genau ist Neopren eigentlich?). Es war ein sommerlicher Sonntagmorgen, die ersten Familien hatten es sich schon am Badestrand bequem gemacht. Ich watschelte über den Kies zum Ufer, schob das Brett ins Wasser, stellte mich drauf, fiel ins Wasser, stellte mich drauf, fiel ins Wasser und stellte mich drauf. Na bitte, dachte ich, geht doch. Zwei Sekunden später – na, Sie ahnen es sicher schon. Windstärke null, tröstete mich Christian, das sei ganz schön schwierig zum Lernen, weil es ja keinen Winddruck im Segel gebe und man sich nicht »reinhängen« könne. Außerdem stelle ich mich ganz gut an, sagte er, aber ich war ja auch der, der ihn bezahlte. Vorne am Brett war eine Kordel befestigt, und Christian zog mich durchs hüfttiefe Wasser, während ich auf dem Brett langsam meine Balance fand. Es muss vom Ufer aus ein sehr friedlicher Anblick gewesen sein: Das Gespann mit dem durchtrainierten Burschen vorneweg, der durch den spiegelglatten See watete, und dem etwas unförmigen Typen, der sich am – Achtung, frisch gelernter *Terminus technicus* – Rigg festhielt. Das Gespann glitt majestätisch langsam und in völliger Stille (der unförmige Typ musste sich ja aufs Gleichgewichthalten konzentrieren) in der Morgensonne dahin. Zwanzig Minuten ging das so, ich wurde immer wagemutiger und lehnte mich mal ein bisschen vor, mal ein bisschen zurück, und dann gab Christian mir einen mächtigen Schubser, und ich fuhr ein paar Meter allein. Das Steuern hatte er mir erklärt, wenngleich, wie gesagt, ohne Wind das alles nicht so einfach war. Doch inzwischen war die Idee einer Idee einer Brise aufgekommen, es reichte gerade so, dass ich in der Schrittgeschwindigkeit eines sehr alten Menschen vorwärtskam. Ich war natürlich allein auf dem See, weil echte Surfer bei diesen Bedingungen nicht surfen. Aber, Wahnsinn, fühlte ich mich cool! Bald war ich auf der Mitte des Sees, und ich ahnte, dass ich umkehren musste. Meine erste Wende (oder Halse?) sah so aus: Ich sprang ins Wasser, drehte das Board um 180 Grad, schwang mich wieder drauf, zog in ein paar Dutzend Versuchen das Segel und mich selbst wieder aus dem Wasser und nahm dann in ebenso berauschender Geschwindigkeit wie zuvor Kurs auf Christian, der mit in die Hüften gestützten Händen in der Ferne zu erkennen war. Manchmal fuchtelte er mit den Armen in der Luft oder rief etwas, aber ich verstand nichts, bis ich ganz nah bei ihm war. Als er mich in Empfang nahm, ließ ich mich ins Wasser plumpsen, welches allerdings ungebührlich flach und steinig war. Ich holte mir einen Bluterguss am Hintern. Christian lobte mich und half mir aus dem Wasser, nicht wegen des Blutergusses, sondern weil ich keine Kraft mehr in Armen, Beinen und dem Rest aller meiner Muskeln hatte. Ich legte mich ausgepumpt ans Ufer: als neuer Mensch, als Mann, der den See, das Rigg und das Board bezwungen hatte. Endlich ahnte ich etwas von dem berauschenden Glück, von dem Entdecker, Abenteurer oder Achttausender-Bezwinger immer wieder berichten.

Dann machte Christian mit einer Digitalkamera Fotos von mir, mit Neoprenanzug und Board unter dem Arm. Beim Umziehen machte ich noch mit dem Handy ein Foto des Blutergusses, meiner erlittenen Sportverletzung, und mailte es umgehend meiner Frau in Italien, die am Abend sowohl über meinen seltsamen Humor als auch über meine offensichtliche Unsportlichkeit den Kopf schüttelte. Wie man sich auf dem Starnberger See ohne Wind beim Windsurfen verletzen könne, das solle ihr mal einer erklären.

Christian mailte mir die Beauty-Fotos ein paar Tage später, und ich begriff den wahren Reiz des Surfens: Sieht ein Mann je schärfer aus als mit Neoprenanzug und Board unter dem Arm? Klar, die Werbung hat uns nie etwas anderes suggeriert als: Surfer = selbstbewusst, sorgenfrei, cool und muskulös. Der Neoprenanzug sorgte selbst bei mir für passable Linien, weil er den Bauchansatz einfach wegdrückte. Die Fotos haben auch meiner Frau gefallen.

Sich nicht entscheiden müssen

Der einzig wahre Extremsport der heutigen Zeit. Sehr befriedigend.

In die Oper gehen, weil die Frau und die gesellschaftlichen Konventionen es so fordern

Und dann den Satz hören: »Der Tenor ist kurzfristig erkrankt, wir spielen die Oper mit einem Ersatztenor konzertant. Wenn Sie gehen wollen, bekommen Sie Ihr Geld selbstverständlich zurück.«

Im Freien essen

Sonne! Schnittchen! Gibt es etwas Feineres, als den Sommer draußen zu verbringen? Gibt es etwas Schöneres als – einen Biergarten? Doch, es gibt noch etwas viel Schöneres. Finden Banausen. Und nennen es Picknick. Nein, nein, nein. Bitte nicht. Kein Picknick. Es ist wunderbar, unter freiem Himmel in der Sonne zu sitzen. Doch was ist daran wunderbar, eine karierte Stoffdecke auszubreiten, edles Porzellangeschirr herauszuholen und zarten Brie auf frisches Baguette zu streichen? Das alles ist so, nun ja, *artifiziell*, und hinzu kommt ja noch die Schwierigkeit, Glücksmomente zu planen. Nirgends ist der Aufwand größer und der Ertrag geringer als bei einem Picknick. Geschirr, Besteck, Servietten, Trinkgläser, Tupperware, Weinkühler, Korkenzieher: Irgendetwas fehlt immer. Die Erwartungen sind so groß, dass die Enttäuschung noch größer ist – ein Sommertagsalptraum. Ein Picknick ist ein ebenso großer Mythos wie das »romantische Sonntagsfrühstück im Bett«. Wirklich sehr romantisch, wenn alles voller Krümel ist und der brühend heiße Kaffee in den Schoß schwappt.

Zum Glücksmoment taugt kein Picknick. Sondern ein Biergarten, der uns blinzeln lässt, weil die letzten Sonnenstrahlen des Tages durch die Kastanienblätter blitzen. Ein Balkon, von dem aus wir dem Treiben in der Stadt zuschauen und dem Nachbarn auf der anderen Seite des Innenhofs zuwinken. Eine kleine Bar Ende April, die spontan draußen bestuhlt und uns das erste Getränk im Freien nach einem langen, harten Winter zelebrieren lässt. Das ist tiefes Durchatmen und ehrliches Glück.

Das Rascheln des Geldautomaten

Wenn es bei Menschen einen Pawlow'schen Reflex gibt, der die Wangen erröten und die Lippen feucht werden lässt, dann ist es das *ftftftftftftft* des Geldautomaten, das einem die herrliche Illusion vermittelt, die Welt stünde einem offen.

Kinderschokolade

Bei der Planung dieses Buches war zwischen der Lektorin und dem Autor schnell klar: Marken gehören hier nicht hinein. Aber ist Kinderschokolade denn wirklich eine schnöde Marke oder nicht doch vielmehr Manna, das vom Himmel regnet und uns seit frühester Kindheit Trost und Glück spendet?

Zunächst gibt es ja einiges gegen Kinderschokolade zu sagen. Zum Beispiel muss jedem Menschen von Verstand das saudämliche, so durchschaubare Logo mit dem Kindergesicht schwer auf den Wecker gehen (das, um es noch süßer zu machen, am Computer verändert wurde. So kommt es mir jedenfalls vor, füge ich hier vorsichtshalber ein, denn ich weiß nicht, ob diese Aussage justiziabel ist). Die Fratze sieht in ihrer verkorksten Niedlichkeit geradezu gruselig aus. Dann ist da noch die Politik der Firma Ferrero, die unzweifelhaft gute Idee »Milchartiges im Schokoladenmantel«, die bei Kinderschokolade blendend funktioniert, auf eine Vielzahl anderer Produkte des Hauses zu übertragen, etwa die »Schokobons«, die »Kinder Pinguis«, »Kinder Buenos«, »Kinder Country« und ähnlichen Horror, und die Werbeblöcke mit schwer erträglichem Heilewelt-Zuckerguss zu verkleben. Ja, man könnte sagen, dass die Ferrero-Werbespots zu den schwächsten des Universums gehören.

Doch der Lead-Marke können diese degenerierten Surrogate nichts anhaben. So wie die ARD-Tagesschau eine deutsche Institution ist, deren Sprecher die Nachrichten auch auf Esperanto verlesen könnte und trotzdem noch Spitzenquoten erzielen würde, so ist auch Ferreros Kinderschokolade immun gegen jegliche Modernisierungsversuche, und nicht einmal Marketing-Dummbeutel können das Produkt versauen. Selbst wenn statt des süßen Knaben Chucky, die Mörderpuppe, auf der Packung abgebildet wäre oder die Schokolade statt mit Milchpulver mit geraspeltem Entenschnabel gefüllt wäre.

Interessanterweise ist die Liebe zur Kinderschokolade so groß, dass sich diverse Rituale zu ihrem Genuss herausgebildet haben, auf dass das Glück ein klein wenig länger anhält. Beliebt ist beispielsweise, zuerst sehr behutsam den Schokoladenmantel abzuknabbern und sich dann der milchhaltigen Füllung zu widmen. Auch diesen Spaß will uns Ferrero seit einigen Jahren mit aller Macht verderben, seit der einzelne Riegel nämlich stark geriffelt in Fünferabteilen daherkommt statt in einem überschaubaren, leichter abzunagenden Doppelblock.

Liebe Ferreros: Gratisschokolade bitte an Stefan Maiwald, c/o dtv.

Ankommen

Der Weg ist das Ziel? Ich weiß nicht so recht, ich finde es jedenfalls besser, am Strand zu liegen, als im Stau zu stehen.

Die Eintrittskarte für ein wichtiges Fußballspiel

Die schon seit Tagen auf dem Küchentisch liegt, damit man sich jeden Morgen beim Frühstück vergewissern kann, dass sie noch da ist.

»Nur ein bisschen Zahnstein, das haben wir in zwei Minuten erledigt.«

Die korrekte Antwort darauf lautet: »Ich möchte Sie auf der Stelle heiraten.«

Zu »I'm So Excited« von den Pointer Sisters auf der Tanzfläche Luftpiano spielen

Die Nummer in ihrer impertinent guten Laune ist fernab von Feierlichkeiten eher schwer erträglich. Die Lyrik ist ebenfalls nicht gerade von Lorenzo da Ponte verfasst worden (und selbst der war ja schon umstritten): »I want to love you, feel you, wrap my arms around you, I want to squeeze you, please you, I just can't get enough, and if you move real slow I'll let it go …« Und dann geht es los: »I'm so excited, I just can't hide it, I'm about to lose control and I think I like it.« Doch diese Nummer aus dem Jahr 1982, das muss man ihr einfach lassen, ist ein Abräumer auf guten wie auf schlechten Feten. Ob Karaoke-Bar in Schwabing oder Scheunenfest in der niedersächsischen Tiefebene: Wenn der DJ nicht weiterweiß, kommt »I'm So Excited«, und die Hintern geraten kollektiv ins Wackeln. Interessanterweise ist das Stück in g-Moll geschrieben, womit bewiesen wäre, dass Moll im Allgemeinen und diese Tonart im Speziellen nicht immer nur als Trauerkloß daherkommt.

Auf der Tanzfläche Luftgitarre zu einem Gitarrensolo

zu spielen, ist ja schon ganz schön weit unten. Aber »I'm So Excited« eröffnet noch ganz andere Möglichkeiten, denn das Stück enthält ein 20,96 Sekunden langes Klaviersolo, das längste unter allen erfolgreichen Popstücken der jüngeren Musikgeschichte. Und tatsächlich finden sich immer wieder Tänzer, die zu diesem Solo tanzenderweise Luftklavier spielen und dabei so wirken, als wollten sie mit der Hand ein Feuer ersticken. Das ist schon irre komisch für die Umstehenden, doch der wahre Glückliche ist in diesem Moment der Luftsolist: Diese völlige Selbstaufgabe, dieses Negieren von Intellekt und 250 Jahren Aufklärung, dieses monumentale Gegenteil von cool, diese entrückte Ekstase – ein echter und immerhin 20,96 Sekunden währender Glücksmoment.

Ein Erkältungsbad

Dafür nimmt man sogar eine Erkältung in Kauf.

Seinen Lieblingsautor finden

Die Suche nach dem Lieblingsautor ist mindestens so schwierig wie die Suche nach dem Lebenspartner. Die Suche kann genauso viel Zeit, Nerven und auch Geld kosten. Ich spreche übrigens lieber von »Autor« als von »Schriftsteller«, denn »Schriftsteller« erinnert mich immer an Stehkragen, Weste, Taschenuhr und Sockenhalter – kurz: an Thomas Mann. Der war ein Schriftsteller, weil er seine Brillanz in jedem Satz zum Ausdruck bringen musste.

In diesen Zeiten ist ja zumindest in meinen Kreisen (Sportjournalisten, Psychologiestudentinnen, Fußball-im-Park-Spieler) Haruki Marukami schwer angesagt. Der Mann ist gut, vor allem ›Mister Aufziehvogel‹ dürfte den Autor (ihn, nicht mich) überdauern. Aber inzwischen liest ihn jeder, wirklich jeder, und man will ja seinen Lieblingsautor (wie seinen Lebenspartner) schon ein wenig für sich allein haben. Deswegen sage ich gern, um zu glänzen: Was ist schon Haruki Marukami gegen Viktor Pelewin?, obwohl ich es nicht so meine. Dennoch ist Pelewin auch ein Großer, aber Achtung: Er wird gern für die falschen Werke gelobt. ›Buddhas kleiner Finger‹ ist viel besser als dieses alberne Werbeepos ›Generation P‹.

Sehr wichtig: Man darf nicht zu esoterisch werden, denn natürlich ist der Lieblingsautor der Spiegel unserer selbst, die Visitenkarte unserer intellektuellen Bedürfnisse – und Kapazitäten. Deswegen sind Namen wie Dschingis Aitmatov, E.M. Cioran oder Ryszard Kapuscinski, um mal ein paar Beispiele wirklich hervorragender Autoren zu nennen, nur dann gestattet, wenn man selbst im Literaturbetrieb arbeitet oder über alle Zeit der Welt verfügt. Herrgott, man braucht doch jemanden – bloß einen! –, mit dem man sich über seinen Lieblingsautor austauschen kann, denn nichts schweißt auf einer Veranstaltung zwei Fremde enger zusammen als die Entdeckung gleicher literarischer Vorlieben. Auf einer durchschnittlichen deutschen Party (jedenfalls wie ich sie kenne) auf einen E.M. Cioran-Verehrer zu treffen ist etwa so wahrscheinlich wie auf einer Party seinen Zwillingsbruder zu finden, obwohl einem die Eltern immer versichert haben, Einzelkind zu sein.

In meinem sozialen Umfeld gibt es natürlich noch Nick Hornby, der jedem denkenden Mann zwischen 20 und 40 aus der Seele spricht, und wer ›High Fidelity‹ und ›Fever Pitch‹ schlecht findet, kriegt ernsthaft Ärger mit mir – und meinen Musikjournalistenfreunden. Aber Hornby ist nicht mein Lieblingsautor, denn er macht es mir zu leicht. Hornby gut zu finden ist so originell wie sich über eine unvermutete Steuererstattung zu freuen. Nein, Lieblingsautoren wollen auch ein wenig gejagt und erobert werden, genauso wie – na, Sie wissen schon.

Ich jedenfalls kann mein Glück kaum fassen, dass es noch immer Werke von T.C. Boyle gibt, die ich nicht gelesen habe. Begonnen hat meine Liebe mit ›Wassermusik‹, Boyles mutmaßlich besten Buch, aber noch weiß ich es nicht. Ich könnte schwören, dass ich seitenlang wahlweise mit offenem Mund oder angehaltenem Atem gelesen habe. Was für eine erzählerische Wucht! Vor allem aber mag ich es, wenn historische Stoffe literarisch verarbeitet sind, deswegen bekenne ich mich auch schamlos zu Umberto Eco und Lawrence Norfolk. Dann kam ich zu ›World's End‹ (auch viel Geschichte drin, prima) und ›Grün ist die Hoffnung‹, weiter ging es mit ›Dr. Sex‹ und ›Talk Talk‹, seinen neueren und doch eher mäßigeren Werken.

T.C. Boyle ist perfekt, schon der Name ist geheimnisvoll. Das C steht für das nie gehörte Coraghessan, aber das T. wird in keinem Klappentext enthüllt. Auch sein Schreibstil ist perfekt, jedenfalls für mich, weil er so komplett anders ist.

Ich finde David Sedaris großartig, und ich habe für sehr teures Geld den ›New Yorker‹ nach Italien abonniert, weil alle fünf, sechs Ausgaben eine Geschichte von ihm drinsteht, aber als Lieblingsautor könnte ich ihn nicht ertragen, weil er, ähem, so ähnlich schreibt wie ich. Oder sagen wir: so ähnlich schreibt, wie ich schreiben will. Und nicht nur das: Er vergeht auch vor Freude, wenn er die Kreuzworträtsel der ›New York Times‹ löst (siehe Seite 127). Also bitte: Ich habe schon 22-jährige Popliteraten erlebt, die sich im Rausch als Gott bezeichneten – da werde ich mich doch wohl mit einem homosexuellen Amerikaner griechischer Herkunft, der inzwischen in Paris lebt und in zwölf Sprachen übersetzt wurde, vergleichen dürfen!

Kommen wir auf die Analogie zu den Lebenspartnern zurück. Wer könnte ernsthaft seinen Zwilling heiraten, die praktisch identische (und zu allem Überfluss auch noch höher begabte) Ausgabe seiner selbst? Boyle dagegen ist weit weg von mir und meinen Möglichkeiten. Ihm gelingt in seinen besten Momenten das große, ausschweifende und doch beinhart recherchierte Schwelgen in der Vergangenheit, das Weben des monumentalen Bildes.

Wenn ich vor meiner Bücherwand stehe und den gelben Umschlag der ungelesenen Taschenbuchausgabe von ›Willkommen in Wellville‹ sehe (ja, die Ausgabe ist bei dtv erschienen, und sie wurde mir von meiner freundlichen Lektorin geschenkt), dem, wie man hört, vielleicht besten oder zumindest der ›Wassermusik‹ ebenbürtigen Werk Boyles, dann schaudert mich leicht. Ich weiß, dass ich mit diesem Buch eines Tages sehr viel Freude haben werde. Der Trick ist: Wenn ich schlechte Laune habe, reicht ein kurzer Gang zum Bücherregal. Was für ein leicht zu erzeugendes, so wunderbares Gefühl.

Einen wichtigen Vertrag mit seinem besten Füller unterschreiben

Irgendeine Funktion müssen die lächerlich überteuerten Mont Blancs ja haben. Oder schreiben Sie etwa Ihre Einkaufsliste damit?

Eine gute Enoteca

Klein muss sie sein – nein, nicht klein, eher unübersichtlich und irgendwie verbaut. Schattige Winkel, umrahmt von unverputzten Wänden. Trübes, bestenfalls dunkelgelbes Licht. Weinkartons stapeln sich bis unter die rissige Decke, hinter der Theke grüßt eine endlose Batterie edler Flaschen. Den Ausschank macht ein Mann mit mächtigem Bauch, über welchen sich eine fleckige Schürze spannt. Schnurrbart und tiefe Stimme sind optional. Falls der Mann mit der Schürze tatsächlich eine tiefe Stimme hat, setzt er sie jedoch nur sehr sparsam ein. Leutseligkeit ist seine Sache nicht. Er gießt die Gläser beinahe voll, denn hier spielt man nicht das falsche Spiel der Weinexperten, hier trinkt man. Irgendwo steht eine riesige Vase, die bis obenhin mit alten Korken gefüllt ist. Jeder der Korken erzählt, natürlich, eine Geschichte, und jeder Gast hat an diesem Kunstwerk mitgearbeitet. Es duftet nach Holz und Wein und Schinken. Auf einem der beiden wackligen Tische liegen Weinführer, längst fleckig und voller Eselsohren. Erdnüsse stehen zur freien Verfügung. Musik gibt es nicht oder nur so leise, dass man sie nicht wahrnimmt. An einem wichtigen Fußballabend ist auf Mittelwelle geschaltet. Manche der Gäste lauschen konzentriert.

Das Publikum müsste perfekt gemischt sein, geradezu ein repräsentativer Querschnitt des Viertels oder des Dorfes – ja, ein Dorf wäre wohl ein besserer Ort für diese idealtypische Enoteca. Da gibt es den stillen Wirkungstrinker mit roter Nase, die Lebedame mit exaltierter Frisur und ein arg verliebtes Pärchen; sie lehnt gegen einen der Kartonstapel, er flüstert ihr Zärtlichkeiten ins Ohr. Sodann: zwei zufällig hereintretende Dorfpolizisten bzw. Carabinieri (Achtung, großer Unterschied!), die den neuesten Klatsch auf Lager haben und das angebotene Glas erst gestenreich ablehnen und dann doch, auf Initiative des Älteren der beiden Ordnungshüter, zugreifen. Ein Wirt, der gerade das Restaurant nebenan aufgemacht hat und noch einen Aperitif genießt, bevor der Sturm losbricht. Der Dorfintellektuelle, der in einer Ecke in einem schmalen Buch liest. Keine Touristen natürlich, auf gar keinen Fall! Nur man selbst. Man ist ja kein Tourist, sondern Kenner.

Draußen müsste es kalt sein, windig, herbstlich bis winterlich und ganz allgemein ungemütlich. Das trübe gelbe Licht leuchtet wie eine Laterne im Nebel, als eine Art schwaches, doch hoffnungsvolles Signal, das zeigt: Hier ist trotz aller Widrigkeiten das gute Leben daheim. Als es anfängt, heftiger zu regnen, schneidet der Mann mit der fleckigen Schürze von einer gigantischen Schinkenkeule ein paar Scheiben ab und reicht sie, noch auf dem Schinkenmesser, seinen Gästen an der Bar.

Und wenn dieses ganze Szenario nur ein Bluff ist, um mich und andere Touristen/Kenner/Insider in die Falle zu locken, dann sei es eben so. Authentizität ist ein mir sehr suspektes Wort, erstens, weil es so schwer auszusprechen ist, und zweitens, weil mir dabei immer irgendwelche Lonely-Planet-Apologeten und Toskana-Fraktionisten in den Sinn kommen, die ernsthaft glauben, mitten in der Zivilisation noch so etwas wie Ursprünglichkeit zu finden. Nein, das ist leider nicht mehr möglich, und zwar seit mindestens zwei Generationen nicht mehr. Dann doch lieber ein ehrlicher Bluff.

Zweimal hintereinander beim Kickern nach 1:5-Rückstand noch 6:5 gewinnen

So geschehen im X-Club, München-Schwabing, mit Partner Sebastian »Fast Eddie« Burow, am 7. Januar 2007.

Eine Schnapsidee konsequent verfolgen

Wer einen bestimmten Sport besonders gern ausübt, sollte sich vor einem hüten: diesen Sport auch anderen beibringen zu wollen. Nehmen wir Fußballtrainer, fast immer selbst ehemalige Nationalspieler, begnadete Ballkünstler, unerreichbare Stars. Als Trainer jedoch steigen sie vom Olymp hinab in knietiefen Schmutz. Warum nur? Gewinnt man, hat die Mannschaft prima gespielt. Verliert man, ist man selbst schuld. Tausende Zuschauer pöbeln gegen einen selbst, Frau und Kinder, am Abend zieht einen das Fernsehen vor Millionenpublikum durch den Kakao, und am nächsten Morgen tituliert einen die Presse als Versager. »Man befindet sich in einer permanenten Belastung, man muss permanent unangenehme Entscheidungen treffen. In einer Mannschaft mit 25 Spielern sind nur die 11 zufrieden, die spielen. Die anderen grüßen gar nicht mehr richtig«, sagte Ottmar Hitzfeld dem ›Spiegel‹. Ein Dresdner Professor untersuchte die psychischen Belastungen bei Trainern der Ersten und Zweiten Bundesliga, indem er die Konzentration des Stresshormons Cortisol maß. Von zwei

Stunden vor Spielbeginn bis eine Stunde nach Abpfiff unterzogen sich die Trainer fünf Speicheltests. Die Ergebnisse waren erschreckend. Der Forscher verglich die Werte mit denen von »Fallschirmspringern, die erstmals den freien Fall wagten«. Ottmar Hitzfeld bestätigte, dass während eines Spiels sein Puls nie unter 125 sinkt. Andere Trainer brachen unter der Belastung zusammen. Gyula Lorant starb 1981 auf der Trainerbank von PAOK Saloniki an Herzversagen, kurz nachdem sein Stürmer das Tor verfehlt hatte. Jock Stein, Schottlands Nationaltrainer, brach 1985 beim Schlusspfiff des WM-Qualifikationsspiels gegen Wales tot zusammen. Und Gérard Houllier vom FC Liverpool musste während eines Spiels ins Hospital – Aortariss. Zwar hatte er schon lange vorher Schmerzen gehabt, aber »als Trainer wollte ich nicht zeigen, dass etwas nicht in Ordnung war«. Die Belastung verleidet einem den Spaß am Sport.

Wie treue Leser wissen, verbringe ich einen nicht unerheblichen Teil meiner freien Zeit (und auch einen erheblichen Teil meiner eigentlichen Arbeitszeit) auf dem Golfplatz. Bei so viel intensivem Training bleibt nicht aus, dass man es irgendwann einmal einigermaßen kann. Und inzwischen habe ich sogar die Aufnahmeprüfung für die PGA geschafft. PGA steht für Professional Golfers' Association, und diese Vereinigung ist in ihrem Absolutheitsanspruch eine Art Vatikan. Ich werde also demnächst tatsächlich unterrichten. Freunde, die bereits Golflehrer sind, warnen mich vor diesem Schritt. Als Journalist hätte ich es doch viel besser, ich könne auf den meisten Plätzen ohnehin umsonst spielen. Außerdem sei die Bezahlung lausig, und man komme selbst kaum noch zum

Spielen, im Gegenteil: Der Anblick all der Anfängerschwünge lasse das eigene Körpergefühl völlig aus dem Takt geraten – als müsse ein ambitionierter Koch täglich im Fastfood-Restaurant Burgerbuletten auf dem Grill wenden. Zudem sinke man in der Hierarchie des Golfclubs ins Bodenlose: Als guter Amateur sei man der Star der Mannschaft, gewinne tolle Turniere und stehe auf der Clubterrasse immer im Mittelpunkt. Als Clubpro sei man der Arsch, der im Zweifel schuld ist, dass nichts mehr mit dem eigenen Spiel klappt. Man werde ein rangniederer Bediensteter, der vor all den wichtigen Leuten mit den grausamen Schwüngen niederzuknien habe, und zwar wortwörtlich, um den nächsten Ball auf der Übungswiese aufzuteen. Bei strömendem Regen, Hagelschauer und Minusgraden müsse man seinen Mann stehen, weil Frieda Müller mit ihren Luftschlägen und Monster-Slices es so will. An all den prestigereichen Amateurturnieren darf man nicht mehr teilnehmen, weil es eine strikte Trennung zwischen Profi- und Amateurgolf gibt – und jemand, der sein Geld mit Golfunterricht verdient, ist per Definition ein Profi. Und für die echten Profiturniere ist man (ich) natürlich als lächerlicher Übungswiesen-Pro niemals gut genug.

Eine Menge guter Gründe also, einfach weiter als Amateur Golf zu spielen, ohne auf die Idee zu kommen, diesen Sport auch anderen aufdrängen zu wollen. Dennoch: Ich kann es gar nicht erwarten und freue mich darauf, dass ein totaler Anfänger zu mir kommt und mit seinem zehnten Versuch sein Eisen 7 hundert Meter weit auf die Wiese haut. Ich setze ganz einfach voraus, dass in jedem Menschen der gleiche Golf-Enthusiasmus schlummert wie in mir, und ich will ihn herauslocken, denn gibt es etwas Schöneres, als einen Enthusiasmus zu teilen? Einander in die fiebrigen Augen zu blicken und vor Wonne zu seufzen? Wenn man so will, antizipiere ich dieses Glücksgefühl.

Klar. Es ist eine Schnapsidee. Aber immerhin ist es *meine* Schnapsidee.

Golfstunden unter www.mad-caddie.com.

Unter der Dusche einen Popstar imitieren

Je lauter und je falscher, desto besser. Wichtig ist es auch, Gestik und Mimik der eigentlichen Sänger nachzuahmen. Dann beginnt man den Tag besonders geschmeidig. Sehr gut: Becken vorschieben, eine Hand an die imaginäre Gürtelschnalle und mit der anderen Hand so tun, als zähle man die erste Reihe im Publikum durch.

Sollen die anderen ihre Morgengymnastik am offenen Fenster machen.

Im Buchantiquariat herumlungern

Ich glaube, dass Menschen, die in Buchantiquariaten herumlungern, zu einer besseren Welt gehören. Es sind stille, höfliche und belesene Menschen, es sind Menschen, die sich aufrichtig verlieben und dabei nicht sofort an Sex denken und einem im Kaufhaus die Tür aufhalten und dabei auch nicht sofort an Sex denken. Ich wünschte – oder besser, ich bemühe mich –, ich wäre einer von ihnen. Oder lebte zumindest so, wie ich es ihnen andichte. Ich gebe mir ja Mühe, mich würdig zu erweisen und ein intellektuell gereiftes Leben zu führen. Meine Versuche allerdings, die Familie mit Mahler und Mozart zu wecken, musste ich einstellen, weil Winnie Poohs Honigabenteuer ihre ganz eigene musikalische Untermalung fordern, meine Frau Musik, die nicht von einem exaltierten Italiener gesungen wird, nicht einmal wahrnimmt und unsere jüngste Tochter morgens sowieso weint. Meine Versuche, Barbie und japanische Dreckscomics wie all die Heidi-Derivate zu boykottieren, stießen auf Protest meiner Töchter (sogar meine 18 Monate alte Tochter sprach nicht mehr mit mir) und meiner Frau. Meine fünfjährige Tochter weigerte sich, ›Huckleberry Finn‹ oder die Kinderausgabe von ›Moby Dick‹ vorgelesen zu bekommen; sie steht auf die »Winx«, eine Gruppe italienischer Superbarbies mit magischen Fähigkeiten, also wie Harry Potter, nur mit Wespentaille, High Heels und Nagellack.

Es gibt Stadtviertel, die sind voll von Antiquariaten, und es gibt Stadtviertel, da findet man nicht mal ein normales Buchgeschäft, und es stimmt wohl, dass die Buchantiquariatsdichte mit der Lebensqualität eines Viertels korreliert. Will sagen: je mehr Buchantiquariate, desto mehr Cafés, desto mehr Uni-Leben, desto mehr dieser rührenden Copy-Shops, desto mehr ethnische Restaurants und afrikanische Krimskramsläden, in denen man immer auf die Schnelle ein »originelles« Geschenk für die Wohnungseinweihungsparty seiner Nachbarn (siehe Seite 142) bekommt.

In München-Schwabing, gleich bei mir um die Ecke, wenn ich denn gerade in Deutschland bin, gibt es Antiquariate, da sind die Bücher in der Mitte des Ladens brusthoch getürmt, und genauso sieht mein Traum von einem Lesezimmer aus. Mein Versuch allerdings, meine eigenen Bücher dergestalt aufzustapeln, wurde von meiner Frau schnell abgewürgt, die mit dem beherzten Stoß einer Hand anschaulich demonstrierte, was passieren würde, falls a) meine fünfjährige Tochter beschließen sollte, einen dieser Stapel ohne Sicherungsleine zu erklimmen, und falls b) meine 18 Monate alte Tochter just in diesem Moment unterhalb des Stapels herumkrabbeln und von der illustrierten Gesamtausgabe von ›Grimms Märchen‹ (2 kg) getroffen werden würde. Die natürlich auch kein Schwein lesen will.

Ein Buchantiquariat ist ein erhabener und vor allem

ein ruhiger Ort. Personen schalten hier ihr Handy aus oder stellen es auf lautlos oder drücken einfach im Fall des Klingelns auf die Aus-Taste. Menschen, die am Café-tisch neben einem all ihre Klingeltöne durchprobieren, betreten ein Buchantiquariat erst gar nicht. Dann gibt es noch diese spezielle Buchantiquariats-Bewegung, dieses lautlose Aneinandervorbeigleiten mit angedeutetem Lächeln – ich mag das sehr. Ich glaube einfach, dass Menschen, die in Buchantiquariaten herumlungern, einem nie den Parkplatz wegnehmen würden, obwohl man selbst zuerst geblinkt hat. Sie würden ihren Kaugummi nicht einfach auf die Straße spucken. Auch nicht, wenn keiner guckt. Sie haben intelligente Antworten auf allerlei Fragen des Lebens. Sie würden alles gut finden, was ich so schreibe, und mich vielleicht sogar ein klein wenig bewundern.

Auf Frauen zu treffen ist auch toll, weil man sie gut ansprechen kann. Eine Frau, die an der anderen Ecke des Cafés sitzt – wie geht man zu der und spricht sie an? Aber im Buchantiquariat, mit ein paar tausend Bänden Gesprächsstoff vor der Nase, geht das fast von selbst. Man muss die Frau nur in eine abgelegene Ecke abdrängen, damit der Rest des Buchantiquariats (hier wird die Stille doch zum Nachteil) nicht mithört.

Dann ist da natürlich noch der Duft alter Bücher, der mich an all die früheren Abenteuer auf den Dachböden meiner Verwandtschaft erinnert. Manchmal riechen Buchantiquariate auch nach nasser Erde, wie eine Wiese kurz nach einem Regenschauer. Das ist sehr angenehm und so nah, wie man einer Wiese mitten in einer Großstadt sensorisch nur kommen kann.

Halten wir fest: ein Ort, der gut duftet. Ein Ort, an dem einem selbstlos geholfen wird, falls einen ein Herzinfarkt ereilt. Ein Ort ohne Klingeltöne. Ein Ort mit mehr Geschichten, als ein Leben in sich aufsaugen kann. Ein Ort, an dem man seinen Traumpartner finden und auch noch ansprechen kann. Ich finde: Viel netter kann es doch gar nicht mehr werden.

»Ihr Tisch ist jetzt frei.«

Tiefes Ausatmen.

»Du siehst aus, als hättest du gut geschlafen.«

Tiefes Einatmen.

Eine Flasche mit dem Feuerzeug öffnen

Es ist nicht leicht, heutzutage als Held zu gelten. Die Fließrichtung des Nigers ist längst bekannt, Sahara und Antarktis sind durchquert, der höchste Berg der Erde ist inzwischen sogar von Einbeinigen bestiegen und von herabwedelnden Snowboardern entwürdigt. Heutzutage sind es eher die alltäglichen Dinge, mit denen der Mensch glänzen kann. Wer unfallfrei vor einem vollbesetzten Café einparkt, darf sich bewundernder Blicke der Beifahrerin sicher sein. Aber zugegeben, das ist nicht leicht, und ich überlasse das Einparken lieber meiner Beifahrerin. Wer in einem Restaurant souverän eine Menüfolge mit passenden Weinen zusammenstellt, darf sich bewundernder Blicke der Begleiterin sicher sein, aber auch das ist nicht leicht, und ich überlasse das ebenfalls meiner Begleiterin. Bei Beifahrerin wie Begleiterin handelt es sich um meine Frau, die vom lieben Gott mit extremer Alltagstauglichkeit ausgestattet worden ist. Dennoch gibt es eine völlig narrensichere Methode, in manchen Kreisen (zum Beispiel vor meiner italienischen Frau und ihren italienischen Freundinnen) für einen Moment im Mittelpunkt zu stehen und gefühlte wie echte Schulterklopfer zu erhalten, und zwar indem man eine Flasche, die mit einem Kronkorken versehen ist, mit Hilfe eines Feuerzeuges öffnet.

Ich habe große Abschnitte meiner Jugend ausschließlich mit dieser Handbewegung verbracht, deswegen ist sie für mich so selbstverständlich wie mich hinterm Ohr zu kratzen, wenn es dort juckt. Und, weiß Gott, die Handbewegung könnte ich meiner fünfjährigen Tochter beibringen, sie erfordert keinerlei Kraft oder Geschicklichkeit. Man umfasst den Flaschenhals mit der linken Hand und setzt den Feuerzeughebel im 45-Grad-Winkel zwischen Kronkorken und unterstem Fingerglied an. Das Fingerglied bildet den Widerstand, und mit der rechten Hand drückt man das Feuerzeug nach unten. Zwei-, dreimal üben, dann funktioniert es. Es muss nicht einmal ein Feuerzeug sein, man kann, wie man auf der empfehlenswerten Internetseite stuff.twoday.net im Fotobeweis sieht, auch einen Tischfußballtisch, einen Benzinzapfhahn, eine Schildkröte, einen Espressoportionierer, eine Brotbackmaschine, einen Klorollenhalter, ein Nudelsieb, ein Snowboard, einen Gartenzwerg, ein Brausemundstück, einen Lötkolben, eine Kettensäge, einen Ziegelstein, ein Fußmassagegerät, ein Didgeridoo, eine Pfeife, einen Kontaktlinsenbehälter, eine Nagelbürste, eine Koralle, einen Samowar, einen Pflanzenuntersetzer, eine Wegwerfkamera, eine Mundharmonika, einen Minidiscplayer, einen Tennisschläger, einen Rasenmäher, einen Feuerlöscher, ein Schiller-Denkmal, die Gelben Seiten, ein Moped, eine Kuh, eine Gaskartusche, ein Pannendreieck, Krücken oder eine Gurkenzange benutzen.

Die Fähigkeit, eine Flasche mit einem Feuerzeug zu öffnen, verleiht uns etwas Verwegenes, Indiana-Jones-Artiges. Sie ist fast so gut, wie ohne Hilfsmittel ein Feuer zu entfachen, doch das ist in Zeiten der Zentralheizung nun wirklich überflüssig. Eine spätabendliche Gartenparty aber, bei welcher der Flaschenöffner stets als erstes Utensil unter irgendeinem Tisch oder im knöcheltiefen Rasen verschwindet, macht diese vermeintlich geschickte Handbewegung unentbehrlich, und Unentbehrlichkeit ist ein Gefühl, das einen für einen Augenblick zu einem glücklichen Menschen machen kann. Am verwegensten sieht es aus, wenn man die Zigarette in den Mundwinkel klemmt, weil man ja beide Hände braucht. Aber das Rauchen hat mir meine Frau längst abgewöhnt.

Ein Restaurant mit Zwölfertisch

Eine hoffnungslos mit Tellern, Flaschen, Aschenbechern und Gläsern überfüllte Tafel, und jeder Platz ist mit lärmenden guten Freunden besetzt.

Meine Sammlung uralter Golfbücher

So funktioniert mein Leben: Ich schreibe neue Bücher, damit ich mir uralte, auseinanderfallende Bücher leisten kann. Menschen sind komisch.

Das Meer erahnen

Bei Fahrten aus Niedersachsen in Richtung Adria verliert man schnell mal das Gefühl für Distanzen und Zeiten. Vor allem, wenn man erst sechs ist. Wir waren kaum auf der Autobahn, da hielten meine Schwester und ich schon nach dem Meer Ausschau und unsere Eltern mit unserer Fragerei in Trab. Es war nicht mal so, dass wir quengelten (zumindest unterstelle ich das mal, meine Eltern werden diese Ansicht wohl nicht teilen) – wieso denn auch, da vorn, hinter dem Hügel, würde ja gleich das Meer auftauchen. Das Meer! Was für eine Magie damit verbunden war! Konnte es irgendetwas Paradiesischeres geben als warmen Sandstrand, körnige, eigenhändig errichtete Schlösser und nie endende Ströme Speiseeis? Selbst später, als unsicherer, verpickelter Teenager, war die italienische Adria eine Erfüllung: alle naselang praktisch nackte Mädchen, oft sogar ohne Oberteil; die eigene Urlaubsbräune und das Gefühl, bei Frauen plötzlich Chancen zu haben, allein aufgrund der Tatsache, dass man so eine Art von blond war.

Ich hatte schon früh das Gefühl, es könne keine Stadt geben, die weiter von jedwedem Meer entfernt sei als Braunschweig. Braunschweig liegt sehr unglücklich im südöstlichen Teil Niedersachsens, das heißt also ziemlich mitteldeutsch. Die Ostsee ist drei Stunden entfernt, die Nordsee vier, die Adria zwölf. Generell ist Deutschland nicht am Wasser gebaut, sondern eher ein kontinentaler Brocken, ganz anders als Großbritannien oder Italien, wo kaum ein Ort weiter als eine Autostunde von der Küste weg ist. Das Meer ist in Deutschland nicht Alltag, sondern Urlaub. Und muss auch dann erst hart erarbeitet werden, nämlich mit stundenlanger hochsommerlicher Stop-and-go-Fahrerei in vollgestopften, mitunter nicht klimatisierten Autos.

Noch heute, wenn ich auf die Insel Grado fahre, die meine Heimat geworden ist, verrenke ich mir den Hals, und der erste Anblick von Meer, kurz hinter Aquileia bei Kilometer 482 meiner Fahrt ab München (wo mein Büro liegt), stimmt mich nach wie vor euphorisch. Schon Kilometer vorher überlege ich mir, welche musikalische Untermalung dazu passen könnte, und wenn das Meer erst hinter ein paar Bäumen auftaucht und dann ganz plötzlich, nach einer Rechtskurve, das gesamte Sichtfeld dominiert und noch ein paar Meter weiter einen vollständig umgibt – Grado ist durch einen befahrbaren Damm mit dem Festland verbunden –, setze ich mich aufrecht hin, weil ich mich dem Eintritt in Eden würdig erweisen will. Aus dem CD-Player tönt Liszt oder Guns n'Roses oder Talulah Gosh (eine obskure weibliche Alternative-Eighties-Band, deren Mitglieder sich z. T. bereits entleibt haben) oder Marvin Gaye oder Superpunk, und wer jetzt von meiner Playlist auf meinen Charakter schließen will, dem kann ich nur viel Spaß beim Raten wünschen, denn mein Musikgeschmack ist so vogelwild, dass selbst das Adjektiv »eklektizistisch« zu sehr einschränkt.

Es ist aber nicht nur der Anblick. Nein, ein paar Kilometer vorher glaubt man schon, die Meerluft zu erschnuppern, etwas Feuchtes, Salziges zu erahnen, mitunter auch eine Note muffig-faulig, in jedem Fall lebendig, gewaltig, verlockend. Das Meer – das ist immer der Ort, an dem ich aber so was von lieber wäre.

Ein spitzer Bleistift

Ich weiß nicht genau, warum: Ich glaube, es ist der sehr, sehr befriedigende Prozess des Raspelns. Ende.

Eine Autobahn bei Nacht

Ohne Stau natürlich und am besten noch im Nieselregen, ganz leicht nur und harmlos, aber stetig. Dazu eine dunkle Stimme aus dem Radio, die seltsame Musiktitel ankündigt oder Liebeslieder spielt, die man mitsummt, was einem am hellichten Tag peinlich wäre. Wohlig warm ist es hier, dabei beträgt die Außentemperatur nur 8 Grad. Auf dem Beifahrersitz eine kleine Auswahl aktueller Lieblingssüßigkeiten, etwa Gummibärchen oder (siehe Seite 49) Kinderschokolade. Bei mir ist es übrigens eher »und« als »oder«. Kaum Autos sind unterwegs, denn es ist ja schon (oder erst) drei Uhr. Die Verkehrsnachrichten haben keine Meldungen und wünschen weiterhin eine gute Fahrt. Danke, die hat man. Das Display schimmert augenschonend abgedimmt, ab und zu überholt man einen LKW mit griechischem Kennzeichen. Wie lange ist der arme Kerl wohl schon unterwegs?

Eine Autobahn bei Nacht ist Reduktion statt Reizüberflutung. So muss Autofahren durch Amerika sein, dieses Langgestreckte, Einsame, so leere Pisten, dass man den Gegenverkehr grüßen möchte. Bis zum Horizont folgt man dem dunklen Asphaltband, statt sich am Heck des Vordermanns orientieren zu müssen. Es herrscht totale Stille, denn das Brummen des eigenen Motors nimmt man sehr schnell nicht mehr wahr, so wie man auch einen tropfenden Wasserhahn bei Nacht irgendwann nicht mehr wahrnimmt. Kleiner Spaß, denn natürlich treibt der einen in den Wahnsinn und passt gar nicht in ein Glücksbuch. Tipp: Wer sich an einem tropfenden Wasserhahn stört, möge sich drei, vier, fünf tropfende Wasserhähne vorstellen. Das funktioniert tatsächlich.

Jedenfalls: Stille. Stille wie im Vakuum des Weltraums, denn ist man nicht eigentlich in einem Raumschiff und gleitet durch die Schwärze des Alls? Sucht fremde Planeten und geheimnisvolle Zivilisationen? Da vorne, da kommt eine beleuchtete Raumstation. Man hält an, lässt sich von einem Wesen mit viel Haar im Gesicht das Auto volltanken und betritt dann den Versorgungs- und Entleerungspunkt, der laut den Hinweisschildern »Bistro-Restaurant« genannt wird. Geheimnisvoll zerknitterte Menschen sitzen da in ebenso faltiger Bekleidung, und sie trinken etwas Warmes, Dunkelbraunes, das sie unfassbarerweise Kaffee nennen. Dennoch: Die Müdigkeit allenthalben, die Nacht und natürlich die Einsamkeit schweißen zusammen. Freundliche Worte werden gefunden, trotz des dunkelbraunen Getränks, trotz der extravaganten Preispolitik. Neuankömmlingen wird mitunter zugenickt, was für die hiesige Population ja schon eine ganz beachtliche Geste ist.

Und dann geht es weiter im 86-PS-Raumschiff durch die Nacht, der Heimat entgegen, wo man sich dann ins Bett kuschelt, vielleicht sogar ins bereits von einem lieben Partner vorgewärmte (wozu würde man sonst die ganze Nacht im Auto verbringen?). Wie bereits auf Seite 51 dargelegt, ist der Weg nie das Ziel. Doch eine leere Autobahn bei Nacht, die verbuche ich einfach mal unter Vorfreude.

Einfach weiterschlafen können

Wer hat eigentlich die Handy-Weckfunktion erfunden?

Beim Megajackpot Lotto spielen

Wenn man nichts von Mathematik versteht und erst recht nichts von Wahrscheinlichkeit und auch noch nie etwas von den Mechanismen beim Lotto gehört hätte, dann klänge das doch irgendwie machbar: Sechs Zahlen aus knapp fünfzig ankreuzen, und wenn die mit den zufällig von einer Maschine gezogenen sechs Zahlen übereinstimmen, ist man Millionär. Es hört sich zugegebenermaßen nicht ganz einfach an, aber auch nicht unmöglich, und sollte auf Dauer hinzukriegen sein. Wenn man genauer darüber nachdenkt und noch einmal die Grundkenntnisse der Wahrscheinlichkeitsrechnung hervorkramt, wird einem schnell klar, dass die Dauer das Problem ist. Klar, würden wir jeden Samstag Lotto spielen und etwa eine Million Jahre alt werden, dann wird ein Sechser sehr wahrscheinlich. Sollte unsere Lebensspanne aber dem statistischen Durchschnitt entsprechen, sieht es haarig aus.

Das nächste Problem: Ein Sechser im Lotto hilft nicht viel. Damit meine ich nicht, dass ich das Geld nicht gern akzeptieren würde. Ich denke aber nicht, dass man mit einer Million Euro ausgesorgt hat. Man hat einfach nur verdammt viel Geld, und man kann sich ein Haus kaufen, vielleicht noch eine Ferienwohnung an der Nordsee und zwei schöne neue Autos, dann macht man eine Weltreise und legt was für die Ausbildung der Kinder zur Seite und spendet ein bisschen was. Aber reicht eine Million Euro wirklich, um den Job zu kündigen und fortan konsequent auf hohem Niveau zu faulenzen? Eine einfache Rechnung: Eine Million Euro, auf die Bank gelegt, wirft etwa 50000 Euro Zinsen pro Jahr ab. Gutes Geld, aber nichts für ein Leben in Saus und Braus. Eine Million, das ist nach wie vor eine magische Zahl, doch irgendwann müsste jemand mal an die Inflation denken und eine neue magische Zahl benennen. Heutzutage hat man mit diesem Betrag schon Schwierigkeiten, in München eine Familienwohnung für fünf in halbwegs guter Lage zu finden.

Beim Megajackpot ist alles anders. 10 Millionen Euro, 14 Millionen Euro, 28 Millionen Euro – das sind Summen, mit denen alles geht: Weltreise für immer, Villa in Blankenese oder Grünwald, die eigene Firma aufkaufen und den Chef rausschmeißen (»Ich hätte gern einen neuen Schreibtisch. Ihren.«). Jaja, ich weiß schon, eine Villa macht einen angeblich nicht per se zum glücklichen Menschen, aber wissen Sie was? Vielleicht ist das nur ein Allgemeinplatz. Vielleicht macht einen eine Villa in Blankenese oder Grünwald ja doch zu einem etwas glücklicheren Menschen, aber aus Gründen der sozialen Ordnung und der Selbstachtung reden wir uns das Gegenteil ein.

Das werden wir wohl nie empirisch belegen können. Beim Megajackpot Lotto spielen verschafft jedenfalls einen angenehmen Kitzel. Ein paar Tage vorher gibt man sich im Büro ganz cool, aufgeklärt und sogar ironisch distanziert zu dem »Hype« und spottet über die naive Sekretärin, die doch tatsächlich jeden Samstag ein bisschen Kleingeld investiert. Aber dann tut man sich mit Kollegen zusammen und geht in der Mittagspause in die Lottoannahmestelle. Man kreuzt einfach mal zwei Kästchen an und das Spiel 77 dazu, und spätestens am Tag der Ziehung packt einen wirklich das Fieber: Mit den Kollegen diskutiert man, wie man die 22 Millionen Euro am besten anlegen sollte, schiebt das Geld zwischen festverzinslichen Wertpapieren, Grundbesitz und spekulativen Aktien hin und her, als hätte man es schon längst, und ich möchte mal denjenigen sehen, der am Abend vor dem Fernseher mit dem Tippschein in der Hand feststellt, dass die erste gezogene Zahl einer seiner angekreuzten Zahlen entspricht, und der dennoch ironische Distanz bewahrt.

Am glücklichsten ist man aber doch kurz vor der Ziehung, wenn man sich vorübergehend an der Vorstellung berauscht, dass es sogleich eine winzige, winzige Möglichkeit gebe, alle schillernde Sorgen zerplatzten wie Seifenblasen, schnell und rückstandsfrei. Die Möglichkeit ist so klein wie der kleinste Krümel eines Kuchenmoleküls. Aber man hat sie sich wenigstens eingeräumt.

Italo-Schweizerinnen

Die Mischung aus schweizerischem und italienischem Akzent ist umwerfend. Auch die schwarzen Haare und die blauen Augen. Aber ich will hier nicht sentimental werden. Es ist lange her. Und meine Frau spricht inzwischen gefährlich gut Deutsch.

Der einzige Kunde im Fitnessstudio sein

Und alberne Gesten vor dem Spiegel machen.

Morgens mit der Bäckerin flirten

Morgens nehme ich die Welt durch einen Schleier wahr. Das ist vor allem der Tatsache geschuldet, dass man mit zwei Töchtern, die aufaddiert knapp sieben Jahre alt sind, tendenziell schlecht schläft, auf jeden Fall ein Lichtjahr von den empfohlenen acht Stunden entfernt ist. Das gilt vor allem für die wenigen Tage im Monat, wenn die Familie in München in meiner Junggesellenwohnung weilt und die Kinder mangels Kinderzimmer bei uns im Bett schlafen.

Wie auf Autopilot schleiche ich über zwei glücklicherweise wenig befahrene Straßen, bis ich bei der Bäckerei Hölzmeier angelangt bin. Ich bin ein Frühstücksfanatiker. Mögen die Kinder auch bis zwei Uhr morgens auf den Betten und meinem Bauch herumgesprungen sein – ich stehe brav um 6.45 Uhr auf und bin um 7 beim Bäcker, um Knusprigkeiten einzukaufen. Mein Stammbäcker ist zugleich Café, und dort erwarten mich jeden Morgen seltsame Menschen. Da gibt es zum Beispiel einen älteren Herrn, der bereits Weißbier trinkt, was auch nach meiner großzügigen Skalierung in Sachen Alkoholkonsum schwerlich unter »normal« einzuordnen ist. Dann gibt es den Wirt einer nahen Bar, den es auch schon um diese

Zeit hierher verschlägt. Er trinkt schwarzen Kaffee und sieht furchtbar aus, seine Gesichtsfurchen werfen Schatten wie Canyons. Er ist gerade mal so alt wie ich, und irgendwie macht er mir Angst. Sehe ich auch schon so zerknittert aus? Ich frage mich, ob er das Gleiche denkt, wenn er mich sieht. Und dann gibt es einen weiteren Stammgast, einen brandgefährlichen Bauarbeiter, von dem noch zu sprechen sein wird.

Was die Bäckerin betrifft, verhält es sich wie in dem Lied der Band »Die Ärzte« über die Traumfrau aus dem Supermarkt: »Manchmal bescheißt sie mit dem Wechselgeld – sie ist das Mädchen von Kasse 4«. Liebe macht blind, und selbst ein harmloser Flirt lässt die Welt schnell ganz rosa werden. Und das Wechselgeld zähle ich sowieso nie nach. Mein Flirt ist keine Bäckerin, sondern eine Verkaufshilfe, aber Bäckerin klingt einfach besser, deswegen bleibe ich für dieses Kapitel dabei. Sie ist klein, zierlich und blond, und ihre Haare trägt sie zum Pferdeschwanz gebunden. Manchmal ist sie auch braun, ich weiß nicht, was ihre echte Haarfarbe ist, denn so intim sind wir noch nicht geworden. Und werden es natürlich auch nie. Wenn ich zeitig ins Büro muss und zum Frühstücken gleich im Café bleibe, zahle ich für zwei Semmeln mit Aufstrich, ein Ei und einen zum Gotterbarmen schlechten Cappuccino 8 Euro, manchmal 9,30 Euro (das ist München). Mir doch egal: Die Bäckerin lächelt. Sie kommt übrigens aus Budapest, und einmal sagte ich ihr, ich hielte Budapest für die schönste Stadt der Welt, was ich sogar ernst meinte, und seitdem lächelt sie extrasüß. Wenn der Tag so beginnt, dann geht man beschwingt aus dem Laden und mit breiter Brust ins Büro.

Was nun den brandgefährlichen Bauarbeiter betrifft: Er ist ein großer, grober Typ, der jeden Morgen da ist und einen Riesenbecher Kaffee trinkt. Irgendwie spürt er die Nicht-Beziehung zwischen mir und der ungarischen Bäckerin (von wegen, Männer seien nicht einfühlsam) – und scheint eifersüchtig zu sein. So wie er aussieht, holt er irgendwann seinen Zimmermannshammer heraus, um mir klarzumachen, dass hier sein Revier ist. Jedenfalls grummelt er immer missmutig, wenn ich an ihm vorbeigehe. Ich verstehe kein Wort, es muss tiefstes Bayerisch sein. Vielleicht begrüßt er mich ja auch nur freundlich, bei diesem Dialekt kapiert man das nie so genau.

Natürlich weiß ich nicht einmal, wie die Bäckerin heißt, und so, wie die Dinge stehen, werde ich es auch nie erfahren. Aber der Tag bei ihr beginnt stets gut. Und so eine klitzekleine Gute-Laune-Garantie ist ein echtes Glück.

Zu einer Party pünktlich zu spät kommen

Nicht so einfach. Es vergeht eine lange Zeit, bis man es endlich gelernt hat. Wichtig: knapp vor dem Essen kommen und knapp nach dem billigen Prosecco.

Dinge neu ordnen

Es geht nicht darum, sich am perfekten Ordnungssystem zu berauschen. Es geht um den Prozess des Einordnens selbst, der eine Reise in die Welt der Erinnerungen ist – und weil es sich um eine geschätzte Sammlung handelt, handelt es sich doch zumeist auch um positive oder zumindest inzwischen anständig verklärte Erinnerungen. Hier die Platte, die ich mir aus London mitbrachte, hier die Platte zum ersten Liebeskummer, hier meine Melodie des Sommers 1997, und hier die Platte, die ich mir, ups, vor zehn Jahren von Rainer ausgeliehen habe. Na, geschieht ihm ganz recht.

Es gibt diese anrührende Szene in ›High Fidelity‹: Rob (John Cusack), von seiner Freundin Laura verlassen, sitzt mit seiner riesigen Vinylplattensammlung daheim auf dem Boden und ordnet seine Platten neu. »Ich tue das immer, wenn ich aufgewühlt oder verwirrt bin. Als Laura noch hier war, hatte ich sie in alphabetischer Reihenfolge, und davor chronologisch. Heute Abend aber ordne ich sie in der Reihenfolge ein, wie ich sie gekauft habe.«

Gern würde ich mal meinem Freund Tim beim Ordnen seiner völlig grotesken 11 000-CDs-Sammlung zusehen. Er hat sie alphabetisch aufgereiht, obwohl dieses System unter Ordnungsfanatikern ein wenig verpönt ist (ich weiß auch nicht warum), und läuft beständig Gefahr, von den sich durchbiegenden Regalsystemen, die in seiner Winzwohnung rund ums Bett stehen, erschlagen zu werden. Ich weiß nicht, ob es ein tröstlicher Gedanke wäre, im Falle eines Falles ausschließlich vom Buchstaben C (Clash, Cure, Coldplay) umgebracht zu werden.

Dinge ordnen, das ist so, als würde man einen Begriff im Lexikon nachschlagen. Man bleibt an einem anderen Artikel hängen und blättert hin und her und schmökert und schweift ab und entdeckt tuberkulöse Schriftsteller, bizarre Erfindungen und nackte Eingeborene. Irgendwann hat man sein Ziel und die Zeit aus den Augen verloren. Anderen geht es so, wenn sie in ihrer Fotokiste wühlen, vielleicht weil sie einen passenden vulgären Schnappschuss für die Hochzeit des besten Freundes suchen wollen – und plötzlich kramen sie stundenlang herum, blicken in die Gesichter ihrer Freundinnen vor zehn Jahren und in ihre eigenen, von wilden Experimenten mit weichen Drogen geröteten Augen einer Augustnacht 1993.

Rob aus ›High Fidelity‹ hatte Liebeskummer. Aber ich wette, dank des Ordnens seines Vinyls hatte er dennoch einen prima Abend. Und außerdem geht der Film gut aus.

Ein Computer, der nie abstürzt

Ich habe ihn noch nicht gefunden, aber es muss ein sehr, sehr befriedigendes Gefühl sein.

Döner auf die Faust

Ich esse alles, was mich nicht zuerst isst. Dafür sorgt schon meine italienische Frau, die mir die Angst vor allerlei hässlichen, zuckenden und schleimbehafteten Spezialitäten mit Geduld und der einen oder anderen Drohung ausgetrieben hat. Zu den Tätigkeiten als Reisejournalist gehört es, sich von den örtlichen Tourismusbüros in angesehene Restaurants einladen zu lassen, so dass ich auch schon eine Menge »Sterne geschossen« habe, wie das ein Kollege von mir nennt. Aber ich gehe auch fröhlich pfeifend ans andere Ende der Skala. Ich esse verdächtig billiges Sushi, Currywurst, Tankstellenbrötchen. Ich esse bei McDonald's und bei Burger King. An umgebauten Wohnwägen, die in der Provinz am Straßenrand stehen, kaufe ich manchmal einen ledrigen Brathahn zweifelhafter Provenienz. Und mindestens einmal im Monat zwänge ich mir einen Döner »mit scharf« rein.

Die Deutsche Gesellschaft für Ernährung würde mich nicht gerade zum Poster Boy ihrer neuen Kampagne ernennen. Aber das bisherige Resümee meines gedankenlosen Dahinessens ist Folgendes: Ein einziges Mal trug ich eine schwere Lebensmittelvergiftung davon (zwei Mal, wenn man Tequila als Lebensmittel mitzählt, aber das gehört jetzt nicht hierher). Mein Magen hing mir zwei Tage lang aus dem Gesicht wie eine umgestülpte Socke (treue Leser wissen, dass ich diesen Satz in jedem meiner Bücher unterbringe). Und jetzt halten Sie sich fest: Die Lebensmittelvergiftung nahm ihren Lauf durchs Gedärm, nachdem ich im Jahr 2004 bei einem Koch zu Gast gewesen war, der im Jahr 2005 zu den fünf besten Köchen Frankreichs gewählt wurde. Tja.

Man soll nicht vom Speziellen aufs Allgemeine schließen, aber wer Fastfood aus hygienischen Gründen ablehnt, dem sei gesagt, dass es beispielsweise in einer McDonald's-Filiale hygienischer zugeht als in so manchem Restaurant gehobener Kategorie. Dass man allerlei gegen McDonald's einwenden kann – etwa dass es ein sich ekelhaft gebärdender Weltkonzern ist –, steht auf einem anderen Blatt, wobei man auch da den ermüdenden westeuropäischen Antiamerikanismus einpreisen sollte. Wie wäre es denn mal, auf heimische Rüstungskonzerne aus Bayern oder Schwaben zu schimpfen, die böse Dinge herstellen, welche Leute direkt umbringen, ganz ohne Umweg über Fettleibigkeit und Cholesterinspiegel?

Zurück zur Dönerbude um die Ecke. Der Döner ist so ziemlich die Antithese zu allem, was die Deutschen in Sachen Genuss in den letzten Jahrzehnten gelernt haben. Gegen das Döneressen spricht eigentlich alles. Es ist erstens kein Event, zweitens vermutlich nicht sehr gesund, drittens der Karriere (Zwiebeln! Knoblauch!) nicht förderlich und viertens überhaupt nicht ästhetisch. Die Joghurtsauce läuft bis in die Hemdsärmel hinein, das Gesicht ist schon nach wenigen Bissen völlig verschmiert. Wenn man Pech hat, fällt etwas auf die neuen Schuhe und hinterlässt dort einen nicht mehr wegzuputzenden Fleck.

Doch wie wunderbar sind diese Bissen! Das lauwarme Fladenbrot, das warme Fleisch, die kühle Sauce, das scharfe Beiwerk, und das alles auf einmal: einfach perfekt. Man weiß gar nicht, an was man sich zuerst erfreuen soll, und nach langer Abstinenz ist der Biss in einen Döner echtes Glück. Döneressen in Gemeinschaft hat zudem etwas ungeheuer Archaisches und schweißt in der allgemeinen Kleckerei zusammen. Döner schafft Nähe. Wer schon einmal Döner gemeinsam gegessen hat, kann sich auch sonst vertrauen.

Letztlich ist der Döner vielleicht sogar der politisch korrekteste Weg, Fleisch zu essen. Man unterstützt keinen Großkonzern, sondern einen tapferen Einzelunternehmer. Minderheiten bekommen dank der deutschen Vorliebe für Döner eine Chance, etwas Eigenes auf die Beine zu stellen. Immer wieder werden ja auf den Vermischt-Seiten der Zeitungen mit wohligem Schauer »Statistiken« zitiert, wonach der Döner die Currywurst als beliebtestes deutsches Fastfood abgelöst hat.

Und nicht zuletzt, im Nachhall des Fleischskandals, bekommt Döneressen sogar etwas Heroisches.

Einen Anrufbeantworter souverän vollgequatscht haben

Nicht so einfach, weil man weiß, dass man nur eine Chance hat.

Alte Fotos gucken

Sentimentale Was-wäre-geworden-wenn-Spielchen spielen und sich danach wieder in die Gegenwart kuscheln.

Das Wasser, kurz vor dem Aufprall

Es ist ein verdammt kurzer Moment, sicher der kürzeste in diesem Buch. Und dieser Glücksmoment geht so. Es ist Sommer, man ist am Meer oder am See, und man steht bis zu den Oberschenkeln im Wasser. Das Wasser ist kalt, sehr kalt sogar, zumindest kommt es einem so vor, weil man ja vorher auf mittlerer Flamme in der Sonne briet. Die Freunde, die Kinder oder die Freundin haben den schmerzhaften Schritt schon hinter sich und tummeln sich und scherzen. Vor allem über die eigene Zurückhaltung. Na, da kann man schlecht zurückbleiben, auch wenn Bauchnabel und primäre Geschlechtsorgane sich zu Tode fürchten. Und man entscheidet sich, den radikalen Weg zu gehen. Man springt hoch und kopfüber hinein.

Ich versuche, diesen Moment des Schwebens, der keine Zehntelsekunde dauern dürfte, auszukosten. Es ist eine Menge, was da mit einem passiert, und es ist schon erstaunlich, zu welchen Bündeln von Überlegungen man in dieser kurzen Zeit fähig ist. Zuerst ist es der Stolz über die eigene Unerschrockenheit (man hat Flugangst, Angst vor Krieg und Hunger, aber die furchtbare Bedrohung kühlen Wassers: wow!). Dann ist es dieses Wissen um den gleichgleichgleich folgenden lustvollen Schmerz, man hält die Luft an und nähert sich und dann sind es noch zehn Zentimeter, dann noch einer, noch ein halber – und dann kommt der Geist nicht mehr mit.

Man kann diesen Glücksmoment verlängern, indem man einfach gleich vom Dreimeterbrett ins kalte Wasser springt, da dauert die Sache dann fast eine Sekunde, aber ich scheue mich, das ernsthaft zu empfehlen, denn in unserer Vorpubertätsclique kursierten Schauergeschichten von blutjungen Menschen, die sich dabei einen Herzinfarkt, einen Schlaganfall oder sogar Aids holten, und ich bin mir nicht sicher, ob da etwas dran sein könnte oder ob sie zu den Geschichten gehören wie »Wenn man aus Spaß schielt, können die Augen für immer so stehenbleiben«. Ich springe jedenfalls nicht vom Dreimeterbrett, ohne mich vorher kurz mit kaltem Wasser abzuduschen. Und aus Spaß schielen tue ich erst recht nicht.

Ein Marmeladenglas öffnen, das keiner zuvor öffnen konnte

Vielleicht das beste Gefühl überhaupt.

Käsekuchen ohne Rosinen

Kann mir vielleicht mal jemand schlüssig vermitteln, was genau das Konzept von Rosinen sein soll? Wer ist überhaupt auf die haarsträubende Idee gekommen, eine an und für sich delikate Frucht wie die Weintraube, aus der man, wenn man sie denn partout nicht so essen will, wie sie wächst, doch zum Beispiel Wein oder wenigstens Saft machen kann, herzunehmen und erbarmungslos in der Sonne austrocknen zu lassen, bis sie hässlich ist wie die Nacht, schwarz, schrumpelig und dem Kinnekzem einer sehr alten Frau mit dunklen magischen Kräften nicht unähnlich? Ich bin jederzeit bereit, die vermeintliche Kulturlosigkeit der Amerikaner zu widerlegen, doch wenn ich bedenke, dass man da drüben Rosinen aus der Dose als Snack beim Fernsehen futtert, dann sage auch ich nur: »Diese Barbaren.«

Besonders tückisch wird es, weil hierzulande Rosinen ummantelt von potenziell leckeren Speisen daherkommen. Apfelkuchen mit Rosinen zum Beispiel: widerlich. Käsekuchen aber mit Rosinen ist der schlimmste Feind. Käsekuchen schmeckt zart, cremig, nachgiebig, angenehm unsüß. Und dann BEISST man plötzlich auf etwas Böses, Aufdringliches, und all die Harmonie ist dahin.

Die Rosine ist ein Effektheischer, ein Prahlhans. Sie stellt ihre Reize dreist zur Schau. Das ist es ja gerade, rufen nun Rosinenfreunde – der Kontrast mache doch erst das besondere Geschmackserlebnis aus. Nun, das finde ich zufälligerweise nicht, denn sonst würde ja die ganze Welt Lamm mit Minzsoße essen und nicht bloß die Engländer. Ich bin gegen Kontraste und für ein friedliches Miteinander.

Käsekuchen ohne Rosinen ist so zart, so hingebungsvoll. Beinahe schlummert man beim Essen ein. Käsekuchen ohne Rosinen ist, als würde man vom Geschmacksgott sanft gestreichelt. Käsekuchen mit Rosinen ist, als würde man vom Geschmacksgott poltrig lachend mit dem Ellbogen angeknufft.

Der Blick auf den Innenhof

Das bedeutet zweierlei: Man hat einen Balkon. Und man hat 24-Stunden-Fernsehen.

Ein bisschen krank sein und verwöhnt werden

Krankwerden ist am besten, wenn man so etwa zehn, zwölf Jahre alt ist. Ich hatte 1984 das Glück, während der gesamten Olympischen Winterspiele von Sarajevo mit Grippe im Bett zu liegen. Natürlich lag ich nicht im Bett, sondern im Wohnzimmer auf dem Sofa, und der Fernseher lief den ganzen Tag. Vor mir standen allerlei Süßigkeiten, deren Genuss ich mir mit dem Trinken von heißer Milch mit Honig verdienen konnte. Ich hatte ab dem späten Vormittag das Haus und die Süßigkeiten für mich allein und teilte alles mit Athleten aus aller Welt. Für jede westdeutsche Medaille, so hatte ich mir zunächst vorgenommen, gab es einen Riegel Kinderschokolade. Das ging mir aber zu zäh voran, und bald gemeindete ich die DDR in mein System ein. Als auch das nichts half, nahm ich Länder mit auf, die mir sympathisch waren und stets gute Chancen auf winterliche Spitzenergebnisse hatten (Schweiz, Kanada).

Noch heute weiß ich fast alles über Sarajevo 1984. Ich weiß, was die westdeutschen Sportler bei der Eröffnungszeremonie trugen (schneeweiße Daunenmäntel, wie ich selbst einen hatte), wie das Maskottchen aussah (es war ein Wolf) und wie es hieß (Wutschko) und wie der Biathlet Peter Angerer zu Gold lief (null Schießfehler). Jeder hat eben sein Spezialgebiet.

Aber auch heute ist Krankwerden in Maßen sehr förderlich für die seelische Gesundheit. Die Familie ist plötzlich ernsthaft um das Wohlergehen besorgt. Vielleicht nerven so viele Männer deswegen rum, wenn sie eine kleine Erkältung haben: Sie wissen nicht, wie sie sonst ein bisschen Zuneigung bekommen können. Das gilt auch fürs Arbeitsumfeld: Wer sich krank ins Büro schleppt, bekommt von der Sekretärin einen mitleidigen Blick und einen starken Kaffee. In rhythmischen Abständen erkundigen sich Kollegen nach dem Befinden. Man fühlt sich unentbehrlich, im Mittelpunkt. Und man ist irre dämlich, weil man ernsthaft glaubt, dass die Weltkugel aufhören würde zu rotieren, wenn man nur einen Tag aussetzte, aber das nur nebenbei.

Doch nicht nur der Kranke hat was vom Krankwerden. Auch der Betreuer bekommt eine Chance, seinen Charakter zu zeigen. Wenn meine Frau krank ist, dann pflege ich sie, obwohl ich sonst nicht einmal meinen besten Freunden zu nahe komme, wenn die nur ein bisschen husten. Ich gebe zu, ich will es doch eher vermeiden, mir etwas einzufangen. Bei meiner Frau aber kenne ich mit mir kein Pardon und fühle mich wahrhaft altruistisch. Durch den nebligen Vorhang aus Viren, Bakterien und sonstigen Erregern bahne ich mir einen Weg zu meiner Frau ans Bett und bringe ihr heißen Tee mit Honig (sie kann Milch nicht ausstehen). Klar, sie würde mich auch gewaltig in den Hintern treten, wenn ich sie auf Distanz hielte.

Wenn jemand in der Familie krank ist, hat man sich lieb. Das ist doch schön. Und am schönsten für den Kranken: Er darf sich ein bisschen mehr rausnehmen als sonst. Er darf zum Beispiel den ganzen Tag lang Golf im Fernsehen schauen. Oder er darf ein Familienmitglied losschicken, eine besonders seltene Speise zu holen, die es nur am anderen Ende der Stadt gibt. Zum Beispiel Käsekuchen ohne Rosinen.

Ein Parkplatz direkt vor der Tür

Ist in der Großstadt so selten, dass einem das Glück, wenn man es geschafft hat, förmlich in den Ohren rauscht.

Per SMS flirten

Wie alle Neueinführungen (fünfstellige Postleitzahlen, Euro, Privatfernsehen) haben es die SMS nicht leicht. Die Zahl ihrer Gegner ist hoch, und die Argumente bewegen sich wie immer in Deutschland auf die Konklusion zu, die SMS besiegele den Untergang des Abendlandes.

An den Euro und an die fünfstelligen Postleitzahlen haben wir uns längst gewöhnt. Gegen das Privatfernsehen kann man sein, denn außer bei Telenovelas und Nachmittagstalkshows kann ich bei RTL oder Pro7 keine innovative Wucht erkennen, und die Gewinnspiele auf den kleineren Kanälen (»In welcher Stadt steht der Schiefe Turm von Pisa?«) lassen in der Tat das Schlimmste für die Zivilisation befürchten. Die SMS aber ist ein Fortschritt. Ihre Erfindung gestaltet das Leben leichter, offener und glücklicher.

Da wäre zunächst einmal ihre Unverbindlichkeit. Ein SMS-Kompliment ist völlig unverfänglich, weil man es ja immer ironisch abfedern kann [»;)«], und wer es denn zweideutig formuliert haben möchte, hat alle Zeit der Welt, darüber nachzudenken und seine Wortwahl zu optimieren. Schon aufgrund der Flüchtigkeit des Mediums wirkt eine SMS nie plump. Auch schlechte Kurznachrichten versenden sich irgendwann. Der Speicher ist schnell voll, dann muss gelöscht werden. Sollte man später mal berühmt werden, kann jedenfalls keiner mehr Liebesbriefe von einst hervorkramen und der ›Bild‹-Zeitung verkaufen.

Die Schnelligkeit der SMS ist ein weiterer Vorteil. Es ist nun einmal so, dass wir nie mehr die Ruhe haben werden, die unsere Großeltern noch hatten. Damals näherte man sich über Jahre auf sonntäglichen Parkspaziergängen an, und mit Glück durfte man irgendwann einmal Händchen halten. Ich brächte diese Geduld nicht auf. Man stelle sich das mal vor: Vier Sommer lang macht man der schönen Nachbarin den Hof, und dann sagt sie einem plötzlich, man solle gut Freund bleiben. Sätze, die man nicht hören möchte: Schicke mir keinen Boten, ich schicke dir einen Boten. Schlimm. Wer das Privileg hat, sich noch mit seinen Großeltern unterhalten zu können, dem wird das Bild von der guten alten Zeit, als man die Wäsche mit der Hand über dem Zuber schrubben musste und das Bügeleisen mit glühenden Kohlen füllte, ohnehin verdorben. Unsere armen Großeltern, die hätten SMS wahrlich gut gebrauchen können. Die SMS ist ein Vorsortierer, der die Partnerwahl erleichtert und genug Energien übrig lässt, um sich auf den Richtigen oder die Richtige zu stürzen.

Flirten ist ungeheuer schwierig, weil ihm eine flirrende Leichtigkeit innewohnt, eine Nonchalance, die nur ganz wenige Menschen von Angesicht zu Angesicht aufbieten können. Die SMS bietet das perfekte Forum für Ungezwungenheit und Beiläufigkeit. Laura und ich zum Beispiel kommunizieren, wenn wir voneinander getrennt sind, per SMS liebevoller als von Angesicht zu Angesicht. Man kann übermüdet auf dem Sofa liegen oder in der Badewanne experimentieren, wie sich ein Rülpser unter Wasser anhört – gerade in solchen Situationen, die die moderne Psychologie mit »Kontrolle aufgeben, um Kontrolle zu bekommen« umschreibt, fällt die ätherische, lässig formulierte, gewissermaßen dahingezwitscherte SMS am leichtesten.

Das Beste an der neuen Technologie: Man kann einen Flirt per SMS kaum versauen. Natürlich hat man nicht immer Erfolg, aber Fettnäpfchen bleiben einem doch erspart. Trotz der Geschwindigkeit des Schriftwechsels hat man stets genug Zeit, seinen Flirt Korrektur zu lesen und heikles Terrain wie Ex-Partner, Politik oder Gewichtszunahmen zu umgehen. Die Frage, wer die Rechnung bezahlt, stellt sich nicht, und auch schlechter Atem wird nicht mittels Kurznachricht transportiert. Wer es schafft, per SMS peinlich zu wirken, muss der gröbstbehauene Klotz der Welt sein.

Golf im Fernsehen

Wie Sie anhand einiger Kapitel dieses Buches bereits festgestellt haben dürften, habe ich eine Menge sehr eigenartiger Lieblingsbeschäftigungen. Mein zweitgrößter Spleen hat kein eigenes Kapitel bekommen: Ich mache Listen von Dingen, die ich schon längst erledigt habe, nur um sie schwungvoll abhaken zu können. Mein größter Spleen kommt hier: Ich schaue gern Golf im Fernsehen. Nichtgolfer halten schon Golf selbst für öde. Golf im Fernsehen, finden Laien, sei Langeweile in Potenz. Auch meine Frau glaubt, ich sei nicht mehr ganz normal.

Doch wenn in Deutschland Golf im Fernsehen übertragen wird, sind es immer bayerisch sprechende Menschen mit tiefen Stimmen, die da moderieren. Das hat etwas Hypnotisierendes, Entspannendes. Wenn einer sich zum Putt bereit macht, dann flüstern sie, weil sie den Spieler nicht stören wollen, obwohl sie 11 000 Kilometer entfernt in einem abgedunkelten Studio in München-Unterföhring sitzen. Ich mag das, denn Höflichkeit ist eine unterbewertete Charaktereigenschaft. Dazu kommt dieser in Grasgrün und Himmelblau getauchte Bildschirm, der ähnlich entspannend wirkt wie ein abgefilmtes Aquarium, das ein Privatsender einmal als Testbild laufen ließ.

Wegen der Zeitverschiebung (fast alle großen Turniere finden in den USA statt) kommt Golf in Deutschland zumeist von 22 bis 24 Uhr, eine ideale Zeit, um sich wohlig auf dem Sofa auszubreiten, ein Bier oder etwas Schokolade in Griffweite zu haben und dann sanft dahinzuschlummern. Ja, Golf ist eine ideale Einschlafhilfe. Zumal das deutsche Fernsehen in den US-Werbepausen (die etwa die Hälfte des Programms ausmachen) die Spots nicht mitüberträgt, sondern stattdessen friedliche Kameraschwenks über den spielerlosen Platz zeigt oder herangezoomte Details wie einen Blütenkelch, der sich im Wind bewegt. Das ist manchmal lustig, weil der Moderator sich verpflichtet fühlt, etwas über die Pflanze zu sagen, die da träge und minutenlang durchs Bild schaukelt, aber wer weiß denn heute noch, wie eine Eisentrompete aussieht, ein Roseneibisch oder eine Knollenbegonie? Ich nicht, und der Moderator auch nicht.

Hypnotisiert durch die Bilder und das rollende R des Moderators (seit Carolin Reiber steht das rollende R für eine bessere, reinere Welt), schlafe ich dann ein und, so versichert mir meine Frau, wenn sie in München ist und mich interessiert beobachtet, sehe dabei aus wie die Karikatur eines Schlafenden, weil mein Kopf weit hinten über der Sofalehne baumelt und mein Mund offen steht wie bei einer Zahnsteinentfernung. Doch das Paradies hat nur 18 Löcher, ist also endlich. Entweder werde ich, wenn die Übertragung vorbei ist, von den aggressiven, fanfarenuntermalten Trailern aus dem Schlaf gerissen oder etwas Unangenehmes, schockierend Kühles reißt mich in die Realität zurück: Die halbvolle Bierflasche, die ich samt Inhalt aus der Hand in den Schoß habe gleiten lassen.

Kündigen

Nicht immer einfach, schon klar. Oft auch mit Tränen und Angst und ähnlich Unschönem verbunden. Aber wenn es sein muss, muss es sein. Und etwas Unangenehmes, aber Notwendiges erledigt zu haben, gehört zu den verlässlichsten Glücksgaranten.

Erster auf der Skipiste

Ich bin der mit Abstand schlechteste Skifahrer in meiner Familie. Und das heißt etwas, denn immerhin habe ich eine fünfjährige Tochter. Doch das hindert einen nicht, die Freuden des Skifahrens dennoch zu spüren: Am frühen Morgen als Allerersterster eine frisch gewalzte Piste herabzuwedeln (oder, in meinem Fall, in einer Art selbst kreiertem Stemmschwung aufzuwühlen), das lässt selbst einen Brettlegastheniker wie mich vor Glück jodeln.

Ein Kleinkind, das mal von 8 bis 8 durchschläft

Ist uns selten vergönnt. Aber wenn, dann bin ich vor Glück so aufgekratzt, dass ich die ganze Nacht lang hellwach bleibe.

Die Samstagszeitung im Briefkasten

Ist besonders schön, wenn man erst aus der Bettwärme zum Briefkasten draußen gehen muss. Schnell wieder rein, zurück in den Kaffeeduft (Lauras Job, ich mache ihn ihr immer zu schwach), und die Frühstücksorgie kann beginnen.

Kreuzworträtsel lösen

Als Freiberufler haben meine Tage wenig Struktur, vor allem dann, wenn ich fern der Familie in Deutschland arbeite. Für mich ist es gleich, ob es Donnerstag, Samstag oder Montag ist. Manchmal ist Sonntag, und ich merke es nicht einmal. Nur ein einziger Termin gibt meinem Wochenablauf Halt: der Freitag. Manchmal spüre ich so ein leichtes Zucken in meiner Schreibhand, und ich weiß: Heute muss es so weit sein. Heute kommt die neue ›Süddeutsche Zeitung‹, die Freitagsausgabe. Und mit ihr das ›SZ-Magazin‹. Und mit ihm das Kreuzworträtsel namens »Das Kreuz mit den Worten« von CUS, welcher ja der Sohn von – aber warum soll ich seine Identität hier lüften, wo er sich doch solche Mühe gibt. Jedenfalls habe ich CUS mal kennen gelernt, weil wir für den Jubiläums-›Playboy‹ eine gemeinsame Geschichte konzipiert haben. Wir hockten im Büro des Hasenmagazins, schlossen die Tür und warfen uns stundenlang bizarre Fakten an den Kopf, bis wir vor Erschöpfung kaum noch atmen konnten. Großartig, dieser Mann!

Es gibt ja einige dieser Rätsel, die mit geheimnisvollen Umschreibungen aufwarten. Im ›Stern‹ ist es ein Herr namens Crux, aber seine Rätsel sind mir zu leicht. Dafür ist das gewöhnliche Kreuzworträtsel beim ›Stern‹ eine Seite davor wahrscheinlich das schwierigste in Deutschland. In der ›Frankfurter Allgemeinen Sonntagszeitung‹ sind mir die Umschreibungen zu gewollt, zu blumig, wie ein Witz mit Anlauf. Bei CUS dagegen sind die Fragen kurz und trocken. »Heiratsanzeige«, vier Buchstaben. Muss man erst einmal drauf kommen, dass der »Ring« gemeint ist. Und wenn die Beschreibungen ausnahmsweise mal länger werden, dann sind sie clever und originell: »Vorne rein, hinten rein, so hat's der Bischof gern.« Na? Na? Denken Sie nichts Böses, es ist ganz einfach: »Purpur«.

Na ja, so einfach ist das alles auch wieder nicht. Mein Rekord beträgt 15 Minuten, mein Negativrekord vier Tage. Manche CUS-Rätsel machen mehr Spaß als andere, aber das liegt nur an einem selbst. Besonders schön ist es, wenn man gleich die Schlüsselwörter errät, also 1 senkrecht und 1 waagerecht, so dass man behände und elegant von oben nach unten durchs Gitter gleitet. Mühsam ist es, wenn man zuerst ganz unten rechts die Fragen löst und sich dann hochrackern muss, und bei der Raterei helfen nur Endungen, die trotz aller Originalität nun einmal oft gewöhnlich sind und wenig aussagen, wie -ung, -er oder -en. Dann wird das Rätsel ein echter Kampf, eine titanische Herausforderung. Ehrensache, dass Computer und Wörterbücher nicht bemüht werden dürfen.

Die ›New York Times‹ veröffentlicht jeden Tag ein Rätsel à la CUS, und zwar in der Schwierigkeit von Montag bis Samstag ansteigend. Die Samstagsrätsel müssen, wie man hört, praktisch unlösbar sein, es sei denn, man ist

Nobelpreisträger und kann Freunde anrufen, die ebenfalls Nobelpreisträger sind. Aber mir reicht schon das »Kreuz mit den Worten«. Wenn ich es fertig ausgefüllt habe, juchze ich auf und zeige es meiner Frau. Leider spricht meine Frau, eine Italienerin, nicht so gut Deutsch, dass sie die Finessen dieser Rätselsprache versteht. Sie zuckt mit den Schultern und wendet sich wieder ihrem Liebesroman zu. Für sie ist das ein ganz gewöhnliches Rätsel, wie es auch in der ›Apotheken Umschau‹ oder in der italienischen Wochenzeitschrift ›Settimana Enigmistica‹ stehen könnte, deren Rätsel so leicht sind, dass selbst ich sie zur Hälfte lösen kann, obwohl ich nur ein Viertel der Fragen verstehe.

Ich gebe ja zu, dass es Menschen geben könnte, die von dieser meiner Rätsel-Obsession darauf schließen, dass ich eben sonst nicht allzu viel habe, auf das ich stolz sein könnte, und dass mein Leben ein ziemliches Trauerspiel sein müsse, wenn ich mein Selbstwertgefühl aus dem Ausfüllen von Kästchen zöge. Geschenkt. Diesen Glücksmoment niemandem erklären zu können und Laura schon gar nicht, ja auf Unverständnis, fast offene Feindschaft zu stoßen (»spiel dich nicht so auf«) – das ist bitter. Allein um ein fertiges CUS-Rätsel herumzuzeigen lohnte es sich, eine Affäre mit einer deutschen Muttersprachlerin einzugehen.

Angeln

Habe ich noch nicht versucht, werde ich aber demnächst tun. Allein die Aussicht auf etwas so radikal Neues, das so überhaupt nicht zu meinem Leben passt, stimmt mich froh.

Ein Gewitter erleben

Ein Gewitter ist eigentlich immer schön. Wenn man nicht gerade auf einem 2000 Meter hohen Berg neben einem metallenen Gipfelkreuz lehnt. Ein Gewitter lässt einen wohlig frösteln, denn zumeist nimmt man es ja in zivilisatorisch bedingter, völlig sicherer Geborgenheit wahr. Es ist, zumindest wenn man meinen Beruf ausübt, der aus In-den-Computer-Starren, ›Spiegel-Online‹-Lesen und »Kicker-Bundesligamanager«-Mannschaftsaufstellen besteht, eine nur vorgegaukelte Gefahr, ein bisschen wie eine Fahrt in der Geisterbahn. Man lehnt am Fenster, denkt an die »armen Schweine da draußen«, obwohl ein Gewitter wohl auch die zähesten Draußen-Seier nach innen oder unter ein Schutzdach treibt, und ist immer wieder verblüfft über die schiere Kraft, die die Natur zu entfesseln in der Lage ist.

Ein Gewitter berührt etwas tief in uns. Es erinnert uns an eine Zeit, als man sich noch wirklich fürchten musste – als Gewitter etwas völlig Böses, Unerklärliches waren, eine göttliche Entladung, die unvorstellbaren Schaden anrichten konnte. Wie genau Gewitter entstehen, habe ich bis heute nicht so richtig begriffen, obwohl ich über dieses Thema schon für mehrere populärwissenschaftliche Magazine geschrieben habe. (Wenn meine älteste Tochter, 5, mich fragt, dann sage ich immer: Es blitzt und donnert, weil zwei Wolken zusammenstoßen – die Erklärung gab man auch mir einst, und ich finde sie immer noch schlüssig.)

Auf der Insel Grado, wo meine italienische Familie lebt, hat das Gewitter tatsächlich noch etwas Bedrohliches. Hier gibt es eine große Fischereiflotte, und wenn ein *caigà inbusa* aufzieht, wie es im Inseldialekt heißt, ein heftiges, sich in wenigen Minuten bildendes Unwetter mit orkanartigen Windböen und Regensalven von einer Wucht, dass man Angst um die Fensterscheiben haben muss, dann ist es mit der wohligen Geborgenheit vorbei, sowohl bei den Fischern auf dem Meer als auch bei den Familien, die daheim auf sie warten. Doch auch hier gilt: Die Fischerboote sind modern und sicher, sie dümpeln auf den Wellen, lassen sich selbst von Windstärke 11 nicht unterkriegen. Unfassbar, dass es noch vor zwei Generationen regelmäßig Tote unter den Gradeser Fischern gab. Hochseefischer gehört immer noch zu den gefährlichsten Berufen der Welt – jedenfalls laut einer Statistik, die ich eigenhändig für ein populärwissenschaftliches Magazin aus einer obskuren amerikanischen Quelle abgekupfert habe.

Ich genieße das Gewitter, freue mich an der Sicherheit hinter dem Doppelglas. Und am schönsten ist es natürlich, seine Tochter neben sich zu haben, die erst ein ganz kleines bisschen Angst hat, im Laufe des Unwetters aber immer abgebrühter reagiert, und wenn der Donner schwächer wird, enttäuscht resümiert: »Jetzt sind sie zu müde zum Stoßen.«

Wieder ins warme Bett steigen

Die Nacht ist dunkel, die Blase voll. Die Füße treffen auf kalte Kacheln, die Hände tasten nach dem Lichtschalter. Irgendwann tritt man im Flur auf einen kleinen, kantigen Barbie-Schuh aus Hartplastik, das tut weh, aber ich tröste mich, indem ich mir denke: Gut, dass ich nur Töchter habe und keine Söhne, die mit Playmobil-Rittern spielen. Endlich geht es zurück ins Bett, unter die warmen Daunen. Kurz noch die Liebste mit den eisigen Fußsohlen erschrecken, dann wieder kuscheln und daran denken, wie schön es ist, ein Bett im Trockenen zu haben.

Man kann das Bett als beste Erfindung der Menschheit ansehen. Kennen Sie diese Ratgeber, die als Mittel gegen Schlaflosigkeit empfehlen, das Bett ausschließlich zum Schlafen zu benutzen und zu nichts sonst? Was für ein Quatsch. Ich benutze es (verzeihen Sie die sprachliche Unschärfe) zum Lesen, Kreuzworträtsellösen, Internetsurfen und Mittagessen. Neuerdings putze ich mir auch meine Zähne im Bett, aber nur aus erzieherischer Notwendigkeit, denn sonst weigert sich unsere ältere Tochter vehement, sich ihrerseits die Zähne zu putzen. Die Zahnpasta entsorgen wir natürlich im Bad.

Ich würde sogar, wie Hugh Hefner, das Bett als Tagungsort benutzen. Ja, tatsächlich, Mr. Playboy ruft mehrmals im Monat seine Untergebenen zu sich, um in ausführlichen Konferenzen Themen, Frauen und Layouts zu besprechen. Er sitzt dabei, in einen samtroten Morgenanzug gekleidet, mitten auf seinem riesigen runden Bett, und die Redakteure knien um ihn herum und halten Titelentwürfe in die Höhe. Wahrscheinlich riecht der Raum auch noch so wie in Amors Turnhalle, denn seit Viagra hat Hefner wieder Sex mit mehreren Frauen zugleich, wie er nie müde wird zu betonen.

Eigentlich ist mein tägliches Dasein davon beseelt, schnellstmöglich in die Horizontale zu gelangen. Wenn man es so sehen will, verbringe ich einen großen Teil meines Tages sitzend und über einen Computer gebeugt nur deshalb, um abends sorgenfrei ins Bett schlüpfen zu können. Ja, »schlüpfen« – ist es nicht erstaunlich, dass unsere Sprache im Zubettgehen offenbar eine Regression erkennt, bis hin zu Zeugung und Geburt?

Sogar Schlaflosigkeit kann, wenn man mit seinem Bett auf Du und Du ist, unter diesen Umständen etwas Wunderbares sein, denn so wird das Glücksgefühl noch ein wenig verlängert. In jedem Fall sind es ganz besondere fünf Sekunden, wenn man unter die noch kühle Decke schlüpft, Gänsehaut sich einstellt, das Bett ganz allmählich auf Betriebstemperatur kommt und man selbst vor Wonne erzittert. So, Schluss jetzt. Licht aus und kuscheln.

Kurz über den Marktplatz laufen

Und zwar deswegen: Auch wenn man viele Gründe dafür finden kann, Schnittblumen doof zu finden – der Duft an einem Blumenstand am Markt hat was.

Das Fahrrad selbst repariert haben

Kleiner Triumph des modernen Menschen, entfremdet von jeglichem handwerklichem Geschick.

Eine vernünftige Hotelminibar

Hotels sind ohnehin immer nur die B-Lösung. Eine Bar böte sich eher an für den Genuss alkoholischer Getränke, oder auch das heimische Sofa, mit oder ohne Freunde, mit oder ohne Fernseher. Aber wenn man schon mal in einem Hotel nächtigen und einen Schlummertrunk auf der bereits von sehr vielen Menschen benutzten Matratze zu sich nehmen muss (Bier im Bett in der Fremde – das kann mitunter ein stiller Glücksmoment sein), dann ist der Anblick einer überquellenden Minibar ein sehr beruhigender. Das mit dem Überquellen geht ja schnell, denn die Kühlschränke sind nie größer als Schuhkartons. Auf keinen Fall sollte man sich zum Trinken in die Hotelbar setzen. »Hotelbar« könnte gut eine Kapitelüberschrift in einem Nachfolgeband dieses Buches heißen: »Die 100 deprimierendsten Orte der Welt, an denen Sie weiß Gott jeden Glücksmoment brauchen, den Sie selbst erzeugen können.« Der Autor, der bereits, überschlägig gerechnet, in 200 Hotels jeglicher Kategorie geschlafen hat, hat noch nie eine Hotelbar gefunden, die nur annähernd das ausstrahlte, was man gemeinhin mit »Leben« umschreibt.

Es bleibt: die Minibar auf dem Zimmer. Am schlimmsten sind die ganz teuren oder die ganz neuen Hotels. In beiden bin ich als Reisejournalist oft untergebracht. Ganz teure oder ganz neue Hotels wollen sich oft dadurch hervorheben, dass sie ein »Konzept«, ein »Ideal« verfolgen, eine neue Idee, den großen Wurf – statt den Gast einfach nur in Ruhe schlafen zu lassen. Neben viel esoterischem Gerümpel ist es immer noch der nicht totzukriegende Wellnessgedanke, der das Gastgewerbe umwölkt und auf die krudesten Gedanken bringt. Und so gibt es in einem süddeutschen Fünfsterne-Hotel, das gern auch mal von meinen Kollegen zum besten Hotel Deutschlands gewählt wird, in der Minibar nur zwei Getränke: eine Flasche stilles Mineralwasser und eine Flasche kohlensäurehaltiges Mineralwasser. Aber dafür natriumarm.

In Trend- oder Designhotels stehen tatsächlich oft alkoholreduzierte oder -befreite Biere in der Minibar, weil das gut zum hippen Gesamteindruck passt. Spaß light sozusagen. Menschen, die alkoholreduziert trinken, gehen am Abend Hummer essen und hungern dann drei Tage, um den Cholesterinspiegel zu senken – so hab ich sie gern, die Designhotelsektierer. Wobei ich der Fairness halber sage, dass ich seit neuestem ab und zu mal ein alkoholreduziertes Weißbier trinke, und ich muss zugeben, dass die Lebensmitteltechnologen von Paulaner und Schneider da eine gute Arbeit abgeliefert haben. Aber abends, nach achtzehn Stunden Reise, drei Grenzen von der Heimat entfernt und einem unverschämt großen Insekt in der unbeleuchteten Ecke? Ach nö.

Meine ideale Minibar ist mit drei Bieren und vier Tafeln Schokolade besetzt, und bei der Schokolade bitte ich recht herzlich um Massentauglichkeit und nicht um Quatsch wie Kokossplitter oder Mandel-Trauben-Cashewnuss. Mehr braucht es nicht, um mich zu einem glücklichen Gast zu machen. Und drei Biere reichen genau, um die Zimmermädchen zu ignorieren, die einander morgens um 7 auf den Fluren in geheimnisvoller Sprache allerlei zuschreien.

Lesen in der Badewanne

Unpraktisch und fast nicht zu machen. Eine Zeitung geht sowieso nicht, ein Buch wird wellig. Aber so ein Trash-Thriller neben dem Becken kann das bisschen Feuchtigkeit schon ertragen.

Die Hände an einem Kamin wärmen

Und dabei dem Feuer zuschauen und hier und da ein bisschen kokeln. Das gefiel mir schon, als ich drei war.

Eine Einladung der neuen Nachbarn

Zuerst hängt ein Zettel an der Tür: »Bitte bei Karstensen klingeln.« Aha, denkt sich der Sherlock Holmes der Mietshäuser: Ein Immobilienhai sucht seine Opfer. Und tatsächlich: Am nächsten Morgen macht man sich auf den Weg zum Zeitungskiosk, und unten an der Tür steht eine Menschenmeute. Die Wohnung war also inseriert, der Besichtigungstermin ist auf Samstag, 10 Uhr, festgelegt. Schnell werden die letzten Zigaretten geraucht, bevor man auf dem Auskunftsbogen des Hais »Nichtraucher« ankreuzt und im Berufsfeld »selbstständiger Fotograf« einträgt, was der Hai für sich völlig zu Recht mit »hoffnungslos arbeitslos, aber plant seine erste Ausstellung, bei der er in völliger Selbstüberschätzung an seinen Durchbruch glaubt« übersetzt.

Ein paar Wochen später stehen dann die provisorischen Parkverbotsschilder vor der Tür, die niemand beachtet, und bald kommt der Möbelwagen an und parkt in der zweiten Reihe. Während Auszüge weitgehend geräusch- und emotionslos vor sich gehen, ist beim Einzug mehr Lärm vorhanden und auch mehr Euphorie. Eine neue Wohnung bietet einen Kosmos der Möglichkeiten, gar eine kleine Wiedergeburt. Die Neulinge lassen Kisten fallen, um die Alteingesessenen zu begrüßen, welche einen wohlwollend kritischen Blick aufs Mobiliar werfen, das sich im Hauseingang stapelt.

Und schließlich ist die Einzugsfeier am Schwarzen Brett angeschlagen, zu der alle Nachbarn zumindest pro forma eingeladen sind. Der Satz »Für eventuell auftretenden Lärm bitten wir im Voraus um Verständnis« ist in Deutschland obligatorisch.

Perfekt. Besser kann es gar nicht kommen. Eine Party bei einem neuen Nachbarn ist die stressfreieste Variante sozialer Interaktion. Während man bei einer Party bei Freunden, Bekannten oder gar Geschäftspartnern irgendwie in der Pflicht steht, zum Gelingen beizutragen, kann man sich hier zurücklehnen und den Abend kommen lassen. Die Verantwortung liegt ganz beim Gastgeber. Für den Gast ist es Kino: Er kann möglichst viele Chips und Schnittchen in sich hineinstopfen und beobachten, wie die neuen Nachbarn verzweifelt versuchen, sich all die Namen einzuprägen, jeden mit Getränken zu versorgen und in drei Gesprächsrunden gleichzeitig zu erklären, was sie denn so machen (und wer ahnt denn schon, was ein Key Account Manager für spannende Dinge erlebt!).

Natürlich ist man kein Unmensch. Man nimmt den neuen Nachbarn bei der Hand, hört interessiert zu, wie er von seinen Problemen mit den Handwerkern berichtet, und warnt ihn vor der verrückten alten Schachtel im vierten Stock, die gern mal nachts mit der Polizei droht. Man ist eben doch ein soziales Wesen. Und dieses Gefühl von nahezu ehrlich gemeintem Altruismus lässt einen ein klein wenig beschwingter treppab nach Hause gleiten.

Das erste Getränk im Freien

Das Kapitel müsste korrekterweise heißen »Das erste Bier im Freien«, doch es gibt ja schon das Pils-Kapitel, und der Autor möchte keinen falschen Eindruck über seine Trinkgewohnheiten erwecken. Aber wir reden hier natürlich über Bier, denn alles andere ist entweder kein primäres Getränk für den Genuss unter freiem Himmel (Wein) oder kein Getränk (Wasser).

Meine Freunde und ich nennen das erste Bier des Jahres in der Sonne »Draußenbier«, und kaum ist im März oder April ein schönes Wochenende in Sicht, dann hocken wir uns vor eine Gaststätte, bestellen drei Helle oder Weißbiere (im Freien weiche ich von meiner Bitte-nur-Pils-Regel gern ab) und stoßen an aufs erste Draußenbier, und so wie andere den Karneval, Ostern oder ähnlich verschiebbare Feste feiern, ist für uns dieses Datum der tatsächliche Beginn des Frühjahrs, ja des Jahres selbst.

In München kann man es sich auch einfacher machen, denn dort gibt es den schönen Biergarten »Seehaus am Englischen Garten«, den nur Angeber meiden, weil er ihnen »zu touristisch« ist (dieselben Angeber sagen auch Dinge wie »samstags gehe ich nie aus, da ist es doch viel zu voll mit Landeiern«). Er liegt direkt an dem zu dieser

Jahreszeit meist noch zugefrorenen künstlichen See. Im Sommer ist der See von Tret- und Ruderbooten bevölkert. Im Winter wird er zu einem Treff der Kinder, Eisstockschützen und Schlittschuhläufer. Der Biergarten macht an schönen Winterwochenenden auf und schenkt Glühwein und, ja, auch Bier aus. So kann man das erste Draußenbier schon im Januar genießen, aber wir haben uns darauf geeinigt, dass das nicht zählt.

Mittagspause im Stadtpark

Was deswegen ein Glücksmoment ist, weil es bedeutet, dass das Büro nicht in einem Industriegebiet fünfzehn Kilometer außerhalb jedes Wohngebietes liegt.

Sich auf den Winter freuen

Ich weiß nicht, zu welcher Jahreszeit Sie dieses Buch lesen, aber es ist Zeit, eine Lanze zu brechen für eine verpönte Jahreszeit. Wenn es, während Sie diese Zeilen goutieren, zwischen April und November ist, dann kann ich Sie nur beglückwünschen. Freuen Sie sich auf den baldigen Winter! Und wenn Sie das Buch punktgenau zum Erscheinungstermin im Winter lesen – umso besser! Ich weiß, der Winter hat es nicht leicht in dieser schneefeindlichen Zeit. Der Winter ist unpraktisch, deswegen ist er heutzutage nicht wohlgelitten. Er verlangsamt den morgendlichen Weg zur Arbeit, er sorgt für Staus und Oberschenkelhalsbrüche, er lähmt per Grippewelle die Aktivität der Volkswirtschaft, sorgt für atemberaubend steigenden Energieverbrauch und fallende Börsenkurse.

Dennoch: Der Gedanke an den Winter lässt mich vor Glück erschauern. Die frühe Dunkelheit: Was für eine wunderbare Zeit, ein Café oder ein Wirtshaus aufzusuchen und sich an zwischenmenschlicher Wärme zu erfreuen! Die bittere Kälte: Was für eine großartige Gelegenheit, sich kalorienreiche Nahrung reinzustopfen, »weil der Körper es um diese Zeit braucht«!

Außerdem schärft der Winter die Sinne: Werke von weltverändernder Wirkung werden nicht im Sommer geschaffen, unter der dumpfen, gleichmacherischen Regentschaft der knallenden Sonne, sondern in der kristallinen Klarheit der Winterluft. Ein weiteres Argument für den Winter kommt von meinem Kollegen Max Goldt: Im Sommer, nur mit T-Shirt bekleidet, weiß man nie, wohin mit seinen Siebensachen. Im Winter kann man all sein Allerlei dagegen prima in tiefen Manteltaschen verstauen.

Entschuldigung, aber sich auf das Frühjahr oder gar den Sommer zu freuen, das ist doch nun wirklich zu billig. Winterliebhaber und Schneecasanovas sind die wahren Esoteriker. Der Sommer ist wie Vanilleeis oder die Beatles – ihn mögen alle. Erst der Winter ist die Jahreszeit für Kenner. Und die Vorfreude auf ihn lässt den verregnetsten Sommer erträglich werden.

Einen Pokal gewinnen

Früher war ich in jeder Sportart durchschnittlich, und durchschnittlich ist schlimmer als schlecht. Die richtig Schlechten waren nämlich interessante Exoten, die großartig im Schach waren und in Mathe unsere Rettung, wenn wir in der Pause von ihnen die Hausaufgaben abschrieben. Sie hielten sich bei unseren lächerlichen pubertären Wettspielen abseits und dachten über interessante physikalische, chemische und biologische Probleme nach, die einst die Welt von Hunger und Leid erlösen könnten. Die Schlechten wussten, was sie nicht konnten. Sie akzeptierten ihre Grenzen, während durchschnittliche Sportler wie ich immer den Guten nacheifern wollten und daran verzweifelten. Meine koordinative Durchschnittlichkeit lag wohl daran, dass ich mich bis heute nicht entscheiden kann, ob ich nun Links- oder Rechtshänder bin, was dazu führt, dass ich mit keiner Seite so richtig auf der Höhe bin. Fußball spiele ich mit links, Tennis mit rechts. Einen Ball werfe ich mit links, einen Dartpfeil mit rechts. Mein Sprungbein ist das rechte, aber die Balance halte ich besser auf dem linken Bein. Ich schrieb einst mit links und brachte es mir in der Grundschule (ohne jeglichen äußeren Druck, wir waren schließlich in den toleranten Siebzigerjahren) selbst mit rechts bei. Heute schreibe ich mit rechts wie ein Linkshänder, also mit einwärts gedrehter Hand, obwohl es ja nichts zu verschmieren gibt.

Golf ist die vielleicht einzige Sportart, bei der Beidhändigkeit von Vorteil ist – eine große Dominanz einer Körperseite kann zu verheerenden Schwungfehlern führen. Es gibt Linkshänder, die rechtsherum spielen und Rechtshänder, die linksherum spielen. Das bedeutet: Ich hatte meine Sportart gefunden. Und das bedeutet, dass ich bei meinem allerersten Turnier einen siebzig Zentimeter hohen Kristallpokal sowie einen Jahresskipass der gesamten Dolomitenregion gewonnen habe. Der Pokal ist so groß, dass es total peinlich wäre, ihn irgendwo sichtbar aufzubewahren, deswegen steht er in meinem Arbeitszimmer hinter der Tür. Und generell ist es ja unfassbar lächerlich, solchen Pseudo-Insignien Bedeutung beizumessen oder gar Stolz aus ihnen zu beziehen.

Aber wenn ich die Tür aufmache, schaue ich mir den Pokal doch verdammt gerne an.

Die angenehme Betrunkenheit nach einer Weinprobe

Ausspucken ist schließlich respektlos.

Sich in eine Bedienung verknallen

Nein, nichts Ernsthaftes – ich rede hier von einem harmlosen, kleinen Flirt. Wir Männer verlieben uns selten in Supermodels, dafür aber sehr, sehr oft in Kellnerinnen. Vielleicht ist das der wahre Grund dafür, dass Männer eine Stammkneipe haben. In die sie auch lieber allein als mit ihrer Freundin gehen.

In meinem Stammlokal arbeitet zum Beispiel eine sehr hübsche und fröhliche Französin namens Marie-Lise, und während ich allein an meinem Tisch sitze und in einer welligen alten ›Gala‹ blättere, verknalle ich mich jedes Mal aufs Neue in sie. Es ist, wie gesagt, keine größere Sache, nur eine kleine Schwärmerei. Manchmal sehe ich uns Hand in Hand durch Saint-Germain streifen.

Was fasziniert uns so sehr an diesem Berufsstand? Natürlich sind Bedienungen die ersten Frauen nach unseren Müttern, die uns zu trinken geben, aber da ist noch etwas anderes. Nein, der Flirt mit einer Kellnerin – oder mit einem Barkeeper, um auch mal an die Leserinnen zu denken – hat etwas zutiefst Romantisches, denn wenn aus dem amourösen Spiel Ernst wird, verläuft alles grundsätzlich dramatisch und endet tragisch. Wenn man eine Kellnerin kriegt, dann verzehrt man sich vor Eifersucht, denn in ihrem Job wird sie pausenlos von zunehmend betrunkener werdenden Typen angequatscht und kriegt minütlich Telefonnummern zugesteckt. Wenn man sie nachts abholt, während sie in der hell erleuchteten und längst geschlossenen Gaststätte sitzt und mit ihren Kolleginnen noch was trinkt, ist sie halbtot vor Erschöpfung und hustet ein bisschen von der schlechten Luft.

Wenn man sich aber nicht traut, sie anzusprechen, dann kann es mit jedem Tag zu spät sein. Kellnerinnen sind – wie die Schönheit selbst – eine flüchtige Erscheinung. Flatterhaft wie Schmetterlinge, wechseln Bedienungen die Bar, den Job, den Stadtteil, gehen zum Studieren nach Berlin oder als Au-Pair ins Ausland. Wenn man sich heimlich in seine Kellnerin verliebt hat, dann betritt man seine Stammkneipe jedes Mal mit einem mulmigen Gefühl. Wird sie noch da sein? Wird sie mir endlich sagen, das ich ihr Traummann bin? Die Stammkneipe zu betreten und seine Kellnerin zu entdecken, ist ein Glücksmoment. Und dieses wissende Lächeln, während sie einem die Karte bringt – ein schöner Augenblick.

Jede gute Frau, sagte schon Harvey Keitel in ›Reservoir Dogs‹, muss einmal in ihrem Leben gekellnert haben. Und natürlich reden wir hier nicht von folkloristischen Oktoberfest-Bedienungen, die 12 Maß auf einmal schleppen können, oder von gescheiterten Schauspielschülerinnen in Hamburger Szene-Bars, die jede Bestellung als persönlichen Affront empfinden. Wir reden von denjenigen Frauen, die sich abends die Ausbildung oder das Studium finanzieren oder die einfach Geld verdienen müssen und das mit Leidenschaft tun. Kellnerinnen verdienen unseren Respekt, denn sie sind die Heldinnen der Großstadt.

»Rest ist für Sie«

Habe ich zu meiner Zeit als Jeansverkäufer zweimal gehört. In zwei Jahren.

Nach einer Behandlung die Zahnarztpraxis verlassen

Eine Frage ganz unter uns: Haben Sie schon einmal einen Zahnarzt erlebt, der das Werk seines Vorgängers lobte? Ich nicht. Ich gehe im Wechsel zu zwei Münchner Zahnärzten. Eine ist sehr hübsch, aber sie setzt mir arg zu. Ich glaube, dass sie mir statt Betäubungsmittel irgendein wässriges Placebo spritzt, um sich an meinen Schmerzen zu delektieren. Der andere ist nicht so hübsch, aber er hat ein tolles Wartezimmer mit einer richtigen kleinen Bibliothek, und in Amerika sagt man ja, die Qualität eines Arztes erkennt man an der Qualität der Zeitschriften im Wartezimmer. Bei der Hübschen liegen ›InStyle‹ und ›Men's Health‹, bei dem Bibliothekar ›Geo‹ und ›National Geographic‹. Was in den Bücherregalen steht, habe ich noch nicht anschauen können, ich war immer zu nervös, um mich aus dem tiefen Sessel zu erheben. Ich hatte Angst, dass genau dann die Sprechstundenhilfe reinkommt und sagt: »Na prima, Sie stehen ja schon! Dann kommen Sie gleich mal mit. Der Doktor hat schon einen extra gemeinen, äußerst rumpeligen Bohrer für Sie warmlaufen lassen.«

Jedenfalls gehe ich im Wechsel von ihr zu ihm, weil der jeweils andere immer das Werk seines Vorgängers verbessert. »Verbessert«, was für ein Euphemismus. Wir reden hier über Abschleifen, Nachbohren, Ausschaben. Schon diese grauenhaften Verben sorgen für anhaltendes Wurzelpochen. Dazu kommt, dass ich im Internet mal gelesen habe, ein Zahnarzt in den USA habe aus Versehen die Zunge einer Patientin durchbohrt und das Schmerzensgeld habe, ausgerechnet dort drüben, wo man doch für alles Millionen bekommt, nur 5000 Dollar betragen, und seitdem halte ich bei der Behandlung meine Zunge so weit zurück, dass ich mich fast selbst ersticke.

Ich wäre so gern wie mein Onkel (leiblich) aus Argentinien. Der hat sich mal einen Backenzahn ohne Betäubung ziehen lassen, weil er »keine Lust auf dieses taube Gefühl« hatte. Der Zahnarzt sagte später, das habe er in dreißig Jahren Praxis noch nie erlebt. So ein Erlebnis würde ich gern meinen Zahnärzten vermitteln, aber ich bringe es nicht über mich. Immer wenn ich das Behandlungszimmer betrete, krähe ich: »Ich bin der Kunde! Ich verlange eine Betäubung, die einen Elefanten schlafen legt!«

Aber sehen wir die Sache mal männlich. Zahnarztbehandlungen sind schmerzhaft, aber nicht lebensgefährlich. Und deswegen gibt es immer ein Danach. Will sagen: Man verlässt den Zahnarzt nie auf einer Bahre mit den Füßen voran, sondern aus eigener Kraft. Und dieser beschwingte Gang die Treppe hinunter, zwei Stufen auf einmal, mit noch betäubtem Mund und Speichelfaden am Kinn, alles Schlimme hinter sich und ein mitfühlendes Gesicht der Gattin vor sich – dieses Gefühl ist so großartig, dass es fast schon einen eitrigen Zahn rechtfertigt.

An einem verregneten Februarabend, den man längst abgeschrieben hat, auf einem obskuren Kanal seinen Lieblingsfilm entdecken

Das ist selbst mit Premiere-Abo nicht immer leicht, und das will was heißen, denn ich bin ja schon mit Bud Spencer und Terence Hill zufrieden.

In einer großen Gruppe irgendwo einfallen

Meine Eltern waren unglaublich sorglos in meiner Erziehung. Ich bringe die gleiche Sorglosigkeit bei meinen Töchtern jedenfalls nicht auf, aber vielleicht ist es bei Söhnen was anderes. Jedenfalls durfte ich schon als Zehnjähriger allein in Fußballstadien, wirklich ganz allein, ohne Freunde oder gar den fußballvernarrten Onkel, den es nämlich nicht gab, zumindest nicht in der Nähe. Und wir reden hier von richtigen, fiesen Stadien, die noch aus der Nachkriegszeit stammen, nicht von modernen Erlebniswelten für die ganze Familie mit Shoppingcenter und VIP-Lounges. Früher wurde ein Stadion gebaut, indem rund um den Rasen Waschbeton aufgeschichtet wurde. Heute haben Panikforscher mit ihren Computersimulationen das erste und das letzte Wort. Gewalt kann praktisch nicht mehr entstehen.

Aber damals, 1982: Wellen von Prügeleien liefen durch die Kurve. Bei jedem Tor wurde man mehrere Stufen nach unten geschubst und schaffte es, wenn überhaupt, erst mehrere Minuten später wieder auf seinen Platz. Besoffene fielen einfach um, Flaschen flogen über meinen

Kopf auf die Linienrichter; glücklicherweise gab es im Stadion eine Laufbahn, auf der so manche dunkelgrüne Jägermeister-Flasche zerschellte. Jägermeister: damals noch das Getränk der Uncoolen und Asozialen, aber immerhin eng mit meiner Eintracht aus Braunschweig verknüpft. Mehr als einmal wurde ich von Wellen der Entrüstung und Euphorie so gegen die Gitter gepresst, dass mir die Luft wegblieb. Berittene Polizei begleitete uns bis zur Straßenbahn. Praktisch jedes Mal kam ich nass von Bier heim, das um mich herum beim Torjubel ausgeschüttet worden war. Ja, damals schoss die Eintracht noch Tore, eine Kunst, die, während ich diese Zeilen schreibe, im Stadion an der Hamburger Straße nahezu ausgestorben ist.

Damals fand ich wohl das, was links und rechts neben mir passierte, mindestens so faszinierend wie das Geschehen auf dem Rasen: In der Südkurve brüllten Horden von riesigen, bösen, äußerst gewaltbereiten Kerlen im Chor unfassbare Beleidigungen auf die Gegenmannschaft, den gegnerischen Trainer und natürlich die gegnerischen Fans herab. Rassistische Beschimpfungen gab es damals interessanterweise nie, wohl aber nie enden wollende Gesänge, die die Homosexualität und die Sodomie ausführlich thematisierten. Natürlich sollte man sich Gruppenzwängen nicht unbedingt unterwerfen, man weiß ja, wohin so etwas führen kann, aber das war von einem Zehnjährigen wohl etwas viel verlangt. Zwar hielt ich mich zurück, weil mir manche der Vokabeln völlig fremd waren, aber als der Schiedsrichter zum dritten Mal einen klaren Elfer für uns nicht pfiff, wusste auch ich plötzlich sehr genau, wo sein Auto geparkt war, was er unter seinem schwarzen Trikot trug und dass er sexuelle Beziehungen zu seinen engsten Familienangehörigen unterhielt, und ich posaunte es mit meiner noch sehr hohen Stimme in die Welt hinaus. (Wahrscheinlich verstand mich in dem Getöse nicht mal mein unmittelbarer Nachbar.)

Viele Deutsche haben wohl das erste Mal bei der erstaunlichen Fußballweltmeisterschaft 2006 erlebt, wie es ist, in einer großen Gruppe völlig selbstvergessen eine Mannschaft anzufeuern, sich so gründlich mit ihr zu identifizieren, dass jede Ratio in der Sommerhitze verdampft. Dabei ist eine Nationalmannschaft ein zu artifizielles Gebilde, um allzu viele Emotionen heraufzubeschwören. Schon klar, auch Vereinsmannschaften bestehen heute nicht mehr aus den Nachbarskindern von einst, aber Nationalmannschaften sind eine Zweckgemeinschaft auf Zeit, während Vereinsmannschaften wirklich leben, auch außerhalb von Welt- und Europameisterschaften. Echte Fußballfans, die selbst an bitterkalten Novembertagen in den Kurven stehen, waren eher genervt von der WM-Euphorie. Vielleicht verachteten sie diese Instant-Fans auch, oder sie bewunderten sie heimlich, so wie heftige Raucher jene Partyraucher bewundern, die an einem Abend ein Päckchen rauchen können und dann monatelang nichts mehr.

Es geht nicht so sehr um das Gefühl der Stärke, sondern vielmehr um das Gefühl, irgendwohin zu gehören – einer dieser raren Momente, in welchen man weiß, zur richtigen Zeit am richtigen Ort zu sein. Man spürt: Es gäbe keinen Ort, an dem man jetzt glücklicher wäre.

Nur einmal noch hatte ich dieses Gefühl der ganz besonderen Gruppendynamik bei einer italienischen Hochzeit, die nicht nur während einer Fußball-WM, sondern just während eines Italien-Spiels stattfand. Das war eine dramatische Koinzidenz; mein Schwager schleppte sogar ein Kopfhörer-Radio mit in die Kirche, aber das nützte auch nicht mehr viel: Nach und nach drängte es die meisten Männer aus der Kirche, obwohl die Zeremonie in vollem Gange und das Ja-Wort noch längst nicht gefallen war. Auf dem Kirchplatz standen wir dann eine Weile unschlüssig herum, mehr als zwanzig hervorragend angezogene Menschen und ich, und dann sahen wir eine kleine Bar gegenüber, wo das Spiel natürlich übertragen wurde. Wir liefen also in diese winzige Bar und wurden von den paar Gästen sehr seltsam beäugt, aber dann waren wir sofort ein Teil der Stimmung, beziehungsweise machten sie uns selbst. Wir bestellten zwanzig *caffè* und ein Bier (Sie ahnen, für wen), schauten die letzten zwanzig Minuten an, Italien gewann auch noch 1:0, schafften es rechtzeitig zum Auszug des Brautpaars zurück, und die Welt war gut.

Den Abwasch erledigt haben

Spülmaschine? Als temporärer Single? Ich bitte Sie. Und hopp, mit welligen Fingerkuppen zurück auf die Couch.

Fußball mit Freunden gucken

In frühen Management-Lehrbüchern aus den Siebzigerjahren sind Konferenztische oft mit Tieren besetzt, um das hervorstechende Verhalten der Manager zu illustrieren. Da gibt es den dominanten Löwen, das einfältige Schaf, den neunmalklugen Uhu, den eitlen Pfau, den listigen Fuchs. Unter der Zeichnung steht, wie man jeden zu behandeln hat, um seine eigenen Vorschläge durchzusetzen. »Schmeicheln Sie dem Löwen«, »Lassen Sie sich nicht vom Fuchs in die Falle locken«, »Verzetteln Sie sich nicht in Detaildebatten mit dem Uhu« und so weiter.

Die Fußballrunde mit meinen Freunden ist einfacher zu skizzieren. Sie gleicht eher einem Rudel Brüllaffen. Und als einzige Verhaltensmaßregel gilt: Mach bloß deine Hausaufgaben. Bei uns ist es nämlich nicht so, dass wir die Spieler oder die Trainer beschimpfen. Es ist vielmehr so, dass wir uns gegenseitig beschimpfen. Wir werfen uns obskurste Dinge an den Kopf und nutzen jede Schwäche, die wir beim anderen entdecken, gnadenlos aus. Wir sind alles ziemliche Freaks in Sachen Fußballfakten, und Fehler darf man sich einfach nicht erlauben. Ich zum Beispiel muss mir seit zwei Jahren anhören, dass ich den

Namen Kenny Dalglish nicht sofort dem FC Liverpool zuordnen konnte. Tim muss sich seit sechs Monaten anhören, dass er George Best als Engländer bezeichnet hat. Und ein anderer Stefan wollte ernsthaft dagegenwetten, dass Berti Vogts schon 1970 bei der WM dabei war (korrekt ist lediglich, dass er 1970 eine andere Rückennummer trug als 1974). Sie sehen: In unserer Runde herrscht eine gnadenlose Darwin'sche Selektion. Nur die Stärksten überleben. Die Schwächsten müssen Chips nachfüllen.

Doch dieses für Außenstehende so lächerliche Rumgezanke über Ergebnisse fünfzehn Jahre alter EM-Qualifikationsspiele hat einen kathartischen Charakter. Unter der Woche, wenn wir uns nicht sehen, quellen wir über, weil wir vielleicht auf einer obskuren Internetseite wieder etwas entdeckt haben, was wir den anderen unbedingt mitteilen müssen, etwa eine so wichtige Information wie die über den Verbleib Torsten Legats, den aktuellen Beratervertrag Peter Neururers oder die neue Trainerstation Hans-Peter Briegels. Niemandem sonst können wir diese Perlen des Wissens mitteilen – und wenn wir uns dann sehen, dann platzt es praktisch ohne eigenes Zutun aus uns heraus. Nach zwei Stunden hitzigen Diskutierens sind wir erschöpft wie nach dem Sex. Und fühlen uns ebenso gut.

Ein Buch nach dem letzten Satz zuklappen

Egal ob gut oder schlecht: Endlich wieder allein mit sich und seinen Gedanken. Und auf den Nachhall des Gelesenen horchen.

Lästige Mails als »gelesen« markieren und vergessen

Klasse, was mit diesen neuen Programmen so alles geht.

Nach 35 Jahren endlich einen Friseur finden

Glaubt man den Erzählungen meiner Eltern und Großeltern, so war ich im Gegensatz zu meiner Schwester ein äußerst pflegeleichtes Kind. Ich war freundlich bis an die Grenze der Debilität. Ich lächelte kritiklos jeden Menschen an. Einmal entführte mich, ich war 3 oder 4 Jahre alt und saß auf der Schaukel, eine Gruppe verwahrloster Jugendlicher, die meine Oma bis heute hartnäckig »Zigeuner« nennt, aber das ist mir politisch zu unkorrekt. Diese Jugendlichen nahmen mich einfach aus dem Vorgarten mit und quälten mich ein bisschen, bevor sie mich wieder zurückschickten. Ich kam also blutend und besudelt zu meiner Oma zurück, die halb tot vor Sorge war. Und: Ich lächelte.

Man kann mich also als sehr unkompliziertes Kind bezeichnen. Aber der Friseur war mein Untergang. Ich schrie, biss und türmte. Unter diesen Umständen ist es auch für einen sehr gewieften Scherenmann schwierig, Haare zu schneiden. Ich bin da nicht allein, diese Scheu vorm Friseur ist unserem Geschlecht angeboren, wie ich bereits in dem Buch ›Laura, Leo, Luca und ich – wie man in einer italienischen Familie überlebt‹ ausführlich darlegte. Meine Töchter zum Beispiel haben nie Angst vor dem Friseur. Kleine Jungs dagegen schon, und auch großen Jungs ist das alles nicht geheuer. Doch ich habe inzwischen entdeckt, dass Friseure was Wunderbares sind. Meine Erleuchtung hatte ich in Padua bei Fernando in seinem Marmorpalazzo und seinen unzähligen hübschen Gehilfinnen. Da ich inzwischen aber innerhalb Italiens umgezogen bin, habe ich einen neuen Friseur, und der ist fast noch besser. Er heißt Cesare und geht seinem Gewerbe ausschließlich in Anzug und Maßhemd nach. Er weiß, wann er zu schweigen hat, was mir guttut und, vor allem für einen Italiener, nicht leicht sein muss. Ich genieße es, bei ihm zu sein, obwohl er mir immer wieder beginnenden Haarausfall unterstellt, woraufhin ich ihm (und mir) versichere, diese sogenannten Geheimratsecken seien tatsächlich schon immer Teil meines Haaransatzes gewesen, meine Stirn sei nun einmal etwas höher. Es gibt ja viele Italiener, die ihren Haaransatz quasi an den Augenbrauen festgetackert haben. Das deutsche Beispiel für diesen Wuchs ist Werner Lorant, ehemaliger Spieler und ehemaliger Trainer des Fußballvereins TSV 1860 München. Damit kann ich leider nicht dienen.

Cesare selbst hat einen sehr edlen, irgendwie cäsarischen Haarschnitt, mit halblangen, gewellten, graumelierten Haaren (dabei soll ja ausgerechnet Julius Cäsar unglücklich mit seiner Frisur gewesen sein; er litt sehr unter seiner vorzeitigen Glatzenbildung), vor allem aber ist er nicht nur Friseur, sondern auch noch Präsident des örtlichen Tennisclubs, einer sehr ehrwürdigen Institution, die einmal im Jahr gut dotierte internationale Meisterschaften abhält. So einen deutschen Friseur möchte ich mal sehen, der sich nicht nur für Sport interessiert, sondern auch noch kraft des Amtes an der regionalen Sporthistorie aktiv mitschreibt.

Die Amerikanerin Roz Chast ist eine klasse Cartoonistin und neben David Sedaris der zweite wichtige Grund, den ›New Yorker‹ zu abonnieren. Sie schilderte einmal in einer Zeichnung ihr Unwohlsein, wenn sie sich ihrem Friseur näherte. Im Schaufenster hing ein Schild: »Kommen Sie rein und seien Sie dabei, wenn eine Stunde Ihres Lebens völlig sinnlos verstreicht.« Doch bei Cesare lasse ich gern das Leben an mir vorbeirauschen. Bei ihm und in seinem sehr kleinen Laden fühle ich mich geborgen. Ich lehne mich zurück und schließe die Augen. Hier – und nur hier – kann ich endlich verstehen, warum Frauen sich beim Friseur so gut entspannen können.

Zuhause Verkehrsnachrichten hören (oder: Ein skurriles Hobby haben)

Die Zeitläufte, sie laufen. Doch ich sitze hier in meinem Ohrensessel, das Leben tobt und stürmt, und ich trinke eine Tasse Tee. Auf der Tasse steht »Happy Christmas from Texas«, falls Sie es wissen wollen, aber vermutlich wollen Sie das nicht. Das Radio läuft. Dort die Turbulenzen, hier Stille. Dort Kolonnen stressgeplagter Urlaubsreisender, die sich ineinanderschieben, hier der Teebeutel (Schwarztee mit Vanille, ich halte diesbezüglich nichts von puristischen Traditionen), der auf der Untertasse ausläuft und immer wieder ganz erstaunliche Flecke auf meinem hellgelben Polster hinterlässt.

Wie jeder vernünftige Mensch bin ich mit einem Strauß beachtlicher Macken ausgestattet (Klaustrophobie, Höhenangst, Flugangst, die Angst, mir am Abend vor dem wichtigsten Vorstellungsgespräch meines Lebens den Magen mit Ente bzw. »Ente« vom Asia-Bringdienst zu verderben). Und wie jeder vernünftige Mensch neige ich zur Selbstanalyse. Aber hier bin ich wirklich ratlos. Keine Ahnung, warum mir Verkehrsnachrichten im Radio so gut gefallen. Keine Ahnung, warum ich manchmal regelrecht Gänsehaut kriege, aber vielleicht liegt es daran: besser hier als dort. Klar, Krieg ist schlimm, Tsunami sowieso, aber Krieg hat meine Generation noch nicht erlebt, und auch wenn ich ungern durch eine rosarote Brille schaue, so wird wohl in absehbarer Zeit kein Krieg zwischen Deutschland und Frankreich und England und Polen ausbrechen, und einen waschechten Tsunami werde ich wegen meiner Flugangst wohl nie erleben, aber man weiß ja nie, ob nicht auch in der Adria mal so eine Flutwelle entstehen kann. Nur der Stau: Der Horror ist für mich nachvollziehbar, allein schon durch meine ewige Pendelei über die Tauernautobahn zwischen Italien und München. Einmal brauchte ich elf Stunden für die 492 Kilometer, vor allem weil es vor dem Tauerntunnel zur sogenannten Blockabfertigung kam und sich eine Kolonne von 30 Kilometern Länge aufbaute. Ein weiteres Mal steckte ich nach einem schweren Nebelunfall acht Stunden vor Venedig fest, und als es weiterging, versagte der Motor. Glücklicherweise war ich nur Beifahrer und musste diesmal sogar schlichtend eingreifen, vor allem, als der Fahrer mit der Faust auf die Motorhaube seines Autos einhieb.

Und auch wenn sich stundenlanger Totalstillstand keineswegs mit Bombennächten und Hungersnot vergleichen lässt, so ist das doch in diesen einigermaßen friedvollen Zeiten ein ziemlich widerwärtiges Gefühl. Vor allem, wenn man unter allerlei Ticks leidet, die erst im Stau voll aufblühen, als da wären: Angst vor Kontrollverlust, Angst vor dem Ausgeliefertsein, Angst vor dem Eingesperrtsein. Und natürlich eine schwache Blase.

Tagsüber Autobahn fahren ist der Krieg unserer Generation. Und es ist immer gut, sich nicht daran zu beteiligen. Wie glücklich man es daheim im Ohrensessel hat, kann man an folgenden Tagen vor dem Radio verfolgen: Karfreitag, Pfingstsamstag, Pfingstmontag, Ferienbeginn Nordrhein-Westfalen, Ferienbeginn Bayern, Werksferien Volkswagen.

Menschen haben nun einmal skurrile Hobbys, und zuhause Verkehrsnachrichten zu hören ist immerhin weniger absonderlich, als Kotztüten der Fluggesellschaften zu sammeln. Und auch weniger skurril als das Hobby jenes Australiers, der seit zwanzig Jahren die Fusseln aus seinem Bauchnabel sammelt und schon drei Marmeladengläser gefüllt hat. Ein eigenes seltsames Hobby funktioniert so: Man lächelt im Stillen vor sich hin, ja geradezu in sich hinein. Keiner weiß warum. Aber das Glücksgefühl ist da. Und man muss es, was zur Abwechslung ja auch mal ganz schön ist, mit niemandem teilen.

Auf der Jagd nach der Lieblingszeitschrift erfolgreich sein

Das Gebiet, auf dem ich bevorzugt tätig bin, ist keines, womit man sich einen Kisch-Preis oder wenigstens die Unsterblichkeit erschreiben kann, zumindest nicht in Deutschland, aber es ist nun einmal genau das, was ich gern tue. Ich habe schon Angebote von einigermaßen bedeutenden Zeitschriften ausgeschlagen, dort in einigermaßen bedeutsamen Positionen mitzumischen. Doch ich spiele nun mal lieber Golf, denn das gehört in meinem Fall zur Arbeit dazu, und quatsche mit den Kollegen beim Bürokaffee über die richtigen Schläger und die passenden Bälle. Außerdem bin ich ein halbwegs begabter Schwungimitator. So vergeht dann die Zeit bis zum Feierabend.

Ich lese alles, was über Golf geschrieben wird. In Deutschland geht das schnell, es gibt zwei seriöse Blätter, eines aus München und eines aus Hamburg. Dann gibt es noch eine ganze Menge Kostenlos-Zeitschriften, die allerdings, vorsichtig gesagt, im Anspruch nicht ganz hinterherkommen und unvorsichtig gesagt doch sehr oft arger Schrott sind, und wenn die Chefredakteure der

Umsonst-Blätter mit dieser Aussage ein Problem haben, dann sollen sie sich mit ihrer Beschwerde bitte an meinen Onkel Luca Brasi wenden. Die besten Zeitschriften kommen jedenfalls aus England (etwa ›Today's Golfer‹) und den USA (etwa ›Golf Magazine‹), und in ihnen zu lesen ist ein Fest. Die Blätter haben enorme Auflagen und können sich viele schöne Reportagen leisten – Reportagen, bei denen uns deutschen Nischenbedienern finanziell einfach die Luft ausgehen würde.

Doch diese sehr speziellen Zeitschriften sind in Deutschland kaum zu bekommen. In München findet man mit etwas Glück im »International Press Point« am Hauptbahnhof ›Today's Golfer‹, am Flughafen mit etwas Glück das amerikanische Pendant. Das ebenfalls von mir sehr geschätzte schottische ›Bunkered‹ dagegen ist in Deutschland definitiv nicht erhältlich, wobei ich mich da gern von versierten Lesern dieses Buches eines Besseren belehren lasse.

Wie dem auch sei: Nun raten Sie mal, was ich an einem verregneten, trostlosen, fußballbefreiten Samstag gern unternehme? Genau: Ich setze mich in die S-Bahn und fahre raus zum Flughafen, von dort zum Hauptbahnhof und dann heim, zwei Zeitschriften reicher als zuvor. Zuhause habe ich schon alles vorbereitet: Kuchen gekauft, Schwarztee mit Vanille hergerichtet, den Dimmer meines Deckenfluters auf »gemütlich« gestellt. Dann wird konsequent und lustvoll zugleich dauergelesen. Abgesehen von der verplemperten Zeit, kostet mich der Spaß zweimal 14 Euro sowie eine komplette Streifenkarte (10,50 Euro). Früher habe ich die Quittungen immer bei unserer Chefsekretärin eingereicht, aber inzwischen habe ich diesbezüglich ein schlechtes Gewissen, weil diese Zeitschriften zwar einerseits zum Job gehören, andererseits ich aber aus der Lektüre ein so unverschämt hohes Maß an Vergnügen ziehe, dass ich es nicht fertigbringe, mir das Geld auch noch erstatten zu lassen. Das wäre ja, als würde man Geld dafür bekommen, in der Karibik zu überwintern.

Sich einem blöden Trend erfolgreich verweigern (am Beispiel Kochen)

Das neue Jahrtausend hat viele Vorteile, aber auch schwere Macken. Flächendeckendes Doping verleidet einem die Lust am Leistungssport, Techno ist noch nicht so tot, dass man wirklich sicher sein kann, und Köche werden, wie einst Friseure, zu Prominenten. Im deutschen Fernsehen gibt es ein gutes Dutzend Kochsendungen, und auch bei ›Bunte‹ und ›Gala‹ läuft inzwischen der eine oder andere Koch über den roten Teppich. Grundsätzlich spreche ich jedem, der nicht mindestens zwei Doktortitel und wirklich etwas zu sagen hat, jegliches Anrecht auf Prominenz ab, aber ich gebe zu, dass ich da vielleicht etwas radikal denke. Zurück an die Töpfe: Was ist an einem Seezungenfilet »an« Balsamicojus Kunst? Handwerkliche Fertigkeit: gern. Kreativität: na ja, höchstens eine Messerspitze. Aber gleich Kunst? Escoffier auf einer Stufe mit Dante, Mozart und Rembrandt? Paul Bocuse in einer Liga mit Jean-Paul Sartre? Jamie Oliver und Tim Mälzer als kulturelle Vorreiter der Postpostmoderne? Nein, wirklich nicht. Ich wüsste auch nicht, dass in Frankreich oder Italien Köche so viel Wertschätzung erfahren wie derzeit bei uns. Ein Koch ist ein Künstler, so wie ein Tischler ein Künstler ist, der einen wunderbaren Tisch zusammenzimmert. Beides, Tisch wie Mahl, sind großartige Errungenschaften, aber lassen wir in Sachen gesellschaftliche Bedeutung doch mal die Kirche im Dorf.

Falls es dafür noch nicht zu spät ist. Der Koch wird zum Vorbild und Essen kochen zum integralen Bestandteil der Patchworkfamilien-Sozialisation. In der Innenarchitektur werden Wohnküchen zu Zentren mit »Kochinseln«, um die im Idealfall die Generationen friedlich herumscharwenzeln. Auch Freunde haben sich angekündigt. Und am Herd, betäubt lächelnd, das fedrige Huhn ausnehmend, der Gastgeber.

Ich koche nicht für Freunde. Dieser Satz könnte implizieren, dass ich nicht kochen kann oder dass ich keine Freunde haben. Beides ist falsch. Für Freunde kochen, dieser Megatrend der letzten Jahre, bedeutet nämlich, einen faulen Kompromiss einzugehen. Wer für Freunde kocht, wird nur eines gut können: kochen oder sich um die Freunde kümmern. Wenn man in Italien mit Freunden gemeinsam essen will, geht man in eine Trattoria, lässt sich von hinten bis vorn bedienen und amüsiert sich bis tief in die Nacht. Niemand muss alle fünf Minuten hektisch aufspringen und zum Ofen rennen, niemand muss an den Abwasch denken. Wenn die Freunde in Italien daheim aufkreuzen, wird eine Pasta in den Topf geworfen, Tomatensauce dazu, und fertig. Auch hier gilt: Das Essen ist nur ein Katalysator, nicht die Hauptsache.

Hierzulande muss man im lust- und genussvollen Essen und Trinken wohl nachholen, was man viele Jahre lang verpasst hat. Von mir aus. Aber warum nun plötzlich die Gastgeber groß aufkochen sollen, entzieht sich meinem Verständnis. Nervös kichernd, empfängt man die Freunde mit einem Glas Weißwein. Glück vortäuschend, wirbelt man am Herd und komplimentiert die Gäste ins Wohnzimmer, wo man eine halbe Stunde lang eingedeckt hat. Die Zwiebeln brennen unterdessen am Pfannenboden fest. Ach so: Das Salz ist alle, aber vielleicht sind die Schweißperlen, die einem dank immer stärker werdenden Panikattacken ins Essen tropfen, Würze genug. Der Ofen faucht, das angeblich so kinderleichte Rosmarin-Huhn verdorrt bei 270 Grad, dafür wird die Pasta schön weich; so weich, dass sie schon beim Anblick der kräftigen Sauce erschaudert und zerfällt.

Die Souveränität, sich diesem Trend zu entziehen, die Autorität, »nein« zu sagen, das Wissen um die vereitelten Qualen des Für-Freunde-Kochens – »tut mir leid, ich koche nun mal nicht gerne« –, dieses bewusste Einnehmen einer völlig exotischen Haltung beschert einem einen Moment der Selbstachtung und, dazu passend wie das Curry zur Wurst, das einhergehende Glücksgefühl.

In einem Elektrogroßhandel die Stereoanlage bis zum Anschlag austesten

Ein bisschen Spaß muss sein. Und wer mit Slogans wie »Geiz ist geil« oder »Ich bin doch nicht blöd« jeden denkenden Menschen beleidigt, der hat jedes Recht auf Verschonung verspielt.

Aus dem frischen Brotlaib eine Ecke herausbeißen

Macht man als Kind gern, macht man als Erwachsener gern, wenn einem da auch die halb gespielte Entrüstung der Eltern abgeht. Natürlich muss das Brot noch warm sein.

Fußball im Park

Bei Gott, wir sind Dilettanten. Doch jeden Mittwoch im Sommer versuchen wir erneut, uns unsterblich zu machen. Wir treffen uns im Münchner Westpark, so ab 18 Uhr, und einer bringt sogar gelbe Leibchen mit. Wir sind je nach Wetter zwischen zehn und zwanzig Mann und spielen auf Tore, die von den Haufen unserer Jacken, Rucksäcke und Büroschuhe begrenzt werden.

Wir sind nicht gut. Einer von uns, ein angehender Tierarzt, ist für unsere Verhältnisse überragend, aber er schaffte es gerade einmal für ein Jahr in die Bezirksoberliga in Baden-Württemberg. Der Rest spielt, zurückhaltend ausgedrückt, auf gleichem Niveau, und das ist sehr gut so. Es ist, als wären wir alle sehr, sehr gute Fußballer und neutralisierten uns gegenseitig. Und trotz aller Unzulänglichkeiten passiert ja manchmal das Unglaubliche im Westpark: ein harter Schuss, der die Gesetze der Physik widerlegt; ein Kopfball aus zehn Metern, der den Weg durch ein paar Körper direkt ins Tor findet; ein Dribbling durch die gesamte Abwehr; eine perfekt getimte Grätsche (meine Spezialität). Das sind dann die Momente, für die man zwei Stunden lang keucht.

Das Schönste aber ist: In Gestik und Mimik kann man

ein ebenso großer Fußballspieler sein wie ein Maradona, ein Platini, ein Beckenbauer. Die geballte Faust nach einem Tor. Das Abklatschen nach einer gelungenen Aktion. Der gehobene Daumen zu einem Mitspieler auf der anderen Seite des Feldes nach einem guten Pass, der nur knapp unerreichbar war. Der aufmunternde Klaps für einen Mitspieler nach dessen katastrophalem Eigentor. Das In-die-Knie-sinken nach einer versiebten Chance. Wir spielen durchaus mit Ehrgeiz und pflaumen uns sogar an, so wie es die echten Fußballer auch tun, und wir meinen es in diesem Moment genauso ernst wie sie.

Oft kommen Osteuropäer hinzu, Kroaten, Bulgaren, Albaner und so weiter, und wollen mitspielen. Sie sind freundlich und fair und uns technisch haushoch überlegen, dribbeln uns aus und beherrschen den Ball besser als nahezu jeder deutsche Profifußballer, aber gewinnen tun immer wir. Die deutschen Tugenden, hier im Münchner Westpark kommen sie voll zur Geltung: geradliniges, schnörkelloses, effektives Toreknipsen, und wenn es schlecht läuft, hartes körperliches Einsteigen. Wer nicht an unterschiedliche Mentalitäten der Völker glaubt, der sollte mal in einer Großstadt Fußball im Park spielen. Da sieht er, was er aus politischen Gründen nicht glauben will. Als Faustregel gilt: Je südlicher, desto verspielter, überragender, ineffektiver. Serben haben keine Chance gegen uns, Türken haben keine Chance gegen Rumänen.

Danach geht es, schwitzend und miefend, in den nahen Biergarten, wo das Spiel noch einmal Minute für Minute, Schuss für Schuss durchgenommen wird, gewürzt durch das immergleiche Tagesgericht Leberkäse mit süßem Senf und Kartoffelsalat und dazu eine Riesen-Brezn.

Noch etwas gibt es, was mich immer wieder glücklich macht: das Mannschaftsfoto, auf dem wir alle alberne Gesten in Richtung Kamera machen. Es hängt neben meinem Schreibtisch und erinnert mich an den Tag des Saisonbeginns, als ich mit einem Volleyschuss, den mir niemand zugetraut hatte, das allererste Tor des Jahres schoss. Das erzähle ich jeden Mittwoch beim Treff im Biergarten. Und manchmal erzähle ich es auch mir selbst.

Ordentlich gebrühter Kaffee

Nein, kein Cappuccino, kein Espresso, keine Latte Macchiato, sondern ein ganz vernünftiger frischer, heißer Bohnenkaffee. Wichtige Regel: Durch den Henkel der eigenen Bürokaffeetasse müssen drei Finger passen.

Intensiv-Faulenzing

Stress, Hatz, Termindruck: Das sind die Orden der heutigen Zeit. Gestresste Menschen, das sind die Macher, die Alphatierchen. Berühmte Zeitgenossen äußern in Interviews immer wieder den Wunsch, »mehr Muße« zu haben, um »die Seele baumeln zu lassen«. Wir bewundern sie und hätten gern ihren randvollen Kalender.

Alles Quatsch mit Soße. Denn hier kommt die provozierende, möglicherweise alles hinwegfegende These: *Wären alle Menschen faul, wäre die Welt besser.* Faulheit ist die Mutter der Innovation. Hätten fleißige Menschen je das Rad erfunden? Oder gar die Fernbedienung? Johannes Gutenberg war zu faul, immer nur Bücher abzuschreiben. Carl Benz war zu faul, zu Fuß zu gehen. Faulheit hat die Welt zu einem lebenswerteren Ort gemacht. Faulheit und Intelligenz, das sind Begriffe, die zusammengehören wie der Sommer und die Sonne.

Selbst faule und zugleich dumme Menschen sind immer noch zu etwas zu gebrauchen. Ronald Reagan zum Beispiel schaffte es als erster US-Präsident, nur von 10 bis 17 Uhr zu arbeiten, und am Wochenende nie. In seiner Amtszeit gab es Wohlstand, Glück und höchstens das eine oder andere Scharmützel, aber keinerlei Irakkrieg.

Am verheerendsten ist demnach die Kombination aus Fleiß und Dummheit. Diese unseligen Arbeitstierchen sitzen in Regierungen, Unternehmen und Bürokratien, ackern wie die Hamster im Laufrad und stürzen die Welt mit einer Flut von Anweisungen, Verordnungen und Gesetzen in Chaos und Unglück, weil sie Produktivität für einen Wert an sich halten.

Die Lebenslüge unserer Gesellschaft lautet: Fleißige Menschen sind glückliche Menschen. Napoleon brauchte nur drei Stunden Schlaf. Er starb kreuztraurig in der Verbannung. Mozart komponierte pro Tag sieben Sinfonien. Kein Wunder, dass er mit 35 starb. Edmund Stoiber galt als fleißigster aller Politiker, der mit seinen Akten sogar ins Bett ging. Glückliche Menschen sehen anders aus.

Faulsein gilt als subversiv, als anstößig und verdächtig. Wer sich zur Faulheit bekennt, muss mit Verachtung, ja Sabotage rechnen, wie schon Wiglaf Droste wusste:

In des Daseins stillen Glanz
platzt der Mensch mit Ententanz.

Doch wir lassen die Gesellschaft Gesellschaft sein und legen uns in die Hängematte, die hier lediglich als Metapher für unsere bevorzugte Liegefläche steht (eine Hängematte ist eher unbequem). Die Faulheit ist unser Nahbereichsticket ins Glück.

Über den Brenner fahren

Der Vorhang zu einer anderen Welt öffnet sich. Ein bisschen Italien-Nostalgie tut schließlich immer gut.

Einen vernünftigen, unpeinlichen Klingelton gefunden haben, der einem auch nach zwei Monaten noch nicht auf die Nerven geht

Unter den hundert Klingeltönen auf meinem Handy ist jedenfalls keiner dabei.

89,4 kg

Entschuldigen Sie, dass ich Sie mit meinem Gewicht belästige. Aber nach fast zehn Jahren mal wieder die 8 am Anfang stehen zu sehen, das war ein umwerfend guter Glücksmoment.

Eine gute Idee und ein Laptop

Ich hoffe, ich habe Sie mit diesem Buch nicht enttäuscht.

Das ist noch nicht das Ende

Das sind meine kleinen Freuden. Aber es gibt viel mehr, zum Beispiel diese hier:

- der Duft frisch geschnittenen Holzes
- um sein Traumauto herumschleichen
- auf dem Berg in der Sonne liegen
- ein schlafendes Kind im Arm
- ein gutes Geschenk gefunden zu haben
- in der Tasche eines Mantels, den man mehrere Jahre nicht benutzt hat, einen 20-Euro-Schein entdecken

Sie haben sicher auch ein paar. Wie wäre nun Folgendes: Wir sammeln diese Glücksmomente gemeinsam und veröffentlichen sie alle im Netz? Schicken Sie Ihre Ideen als Leserstimme an den Verlag (www.dtv.de), so wird die Liste länger und länger, und Sie und ich haben immer was zum Ansurfen (einfach den Band 21040 aufrufen). Es ist doch so: Wer schaut sich denn heute noch Börsenkurse im Netz an?